如果我能將你拾起

亜希 著

序

25歲後的某一天，我對自己下了一個決定——我要去日本打工度假！我想出去看看世界，想改變怯弱怕生的自己，想變得勇敢，有所成長。

經濟拮据的狀況下，用一年的時間儲蓄未來半年的學費。當時只會五十音的我想在半年內學成簡單會話，於是選擇成為契約派遣員工，每天上午上日文課，下午上班。

就這樣九個月後如願的出發了，從沒想過會一個人離開家，而且一去就是這麼遠的地方。

是的，日本是我二十多年的歲月以來首次出國的地方。

單獨出行可能對許多人來說不是太困難的事情，或許不需要太多自我糾結的，提起又放下的勇氣，但之於怯懦的我而言，是一大成長。

勇敢不是毫無畏懼，而是雖然茫然徬徨，還能帶著恐懼前進。

在滋賀的時候，一次飯店的晚班久違的和故鄉的人們相遇，我和貴賓們都因為在異鄉遇見同鄉人而感到欣喜。

隔天早上，大家對於連續上晚班、早班的我給予溫暖問候，其中有一位年輕媽媽，先是用暖心的話語支持鼓勵，在用餐完畢隨旅行團離去之際，她握著我的手說：「妳好棒，好勇敢，能夠一個人來到這裡，要加油，好好享受在日本的生活唷！」看著她閃閃發亮的眼睛，赫然驚覺一直以為很平常的事情（這世界上打工度假、旅居他鄉的人們何其多），原來在他人眼裡也可能是個嚮往，或許嚮往獨自在異鄉的生活，或是冒險的生涯，抑或是看見獨自站在這裡的那股勇氣和傻勁。

那刻起，默默在心底埋下一個願，我想將關於旅程的小故事記錄下來，贈與那位年輕媽媽、送給以前的我，也給需要這些故事的人們。

疫情爆發後的生活像是不斷旋轉的迴轉壽司，年初時感覺有新的出發的可能，但到了年底卻又回到原點的感覺，像是不斷旋轉的迴轉壽司，無人拿取，又回到原地。

然而在不斷旋轉的過程中，沿途所有經歷的風景，感覺沒有改變其實悄悄產生了變化。

在現下如此的時光，我想將這趟旅程的小故事和收獲的點滴與大家分享。如同我在〈當窗是一扇門〉提到的——「每個人的生命中都有那麼一扇窗，擁有再度點燃生命熱情的能力，帶領我們遇見未知的自己，足以成為門扉的一扇窗。」

我始終相信書寫能療癒自身，閱讀他人文字亦能獲得療癒。我們都在別人的故事中閱讀自己，藉由閱讀產生的共感爬梳混雜的思緒，進而獲得啟發或力量。

然而在希望自己的文字能夠給予讀者擁抱的同時，更多時候，我是被讀者拾起，獲得擁抱的那一個。

不論是人生道路的大哉問，或是古今中外都有的愛情課題，抑或是深根日常卻難解的親情習題，我將文字寫成一封封寄送給匿名收件者的瓶中信，投擲於大海裡，若你剛好經過拾起，我會滿懷欣喜。

但願晚熟怕生的自己的文字，能夠帶領收件者看見窗外的風景，擁有片刻的展信寧靜；或是能給予與我相同性情的，敏感內向的人們一點勇氣、些許暖意，便是幸福的事情。

最後獻上一段文字，獻給所有疲憊的靈魂，作為短暫休憩的依憑。

有時候
想拋棄那些虛有其表
讓脆弱不堪的自己
能夠被誰看到
就能不用再無止盡討好
這世界太紛擾

而我們僅僅需要一個擁抱
使我們明白其實自己
沒有那麼糟
讓脆弱的自己有個短暫依靠
便足以再度拾起勇氣
繼續向前奔跑
累了嗎？
即使沒有堅實的避風城堡
我用文字給你一個大大的擁抱
情況就算再糟
也要相信一切都會慢慢變好

——二〇二一年八月　臺北

目次

輯二　不願讓你瞧見我眼裡的祕密

輯一

借一點時光，讓你發現那道隱蔽的希望之窗

當門形同無法通行的牆，窗能否成為一扇門？
不得其門而出時，何不破窗而出？

01.0 某個下雨的清晨

氣溫依舊
像遇到假日前的人們般炙熱
蚊蚋在耳邊振翅
焦躁的不安在蠢動

午夜開始下起一場雨
雨打在窗邊
以為是你的足音
愈發猖狂地
刷過我愛的窗落地

意外透出陣陣
夏季時節少見的心涼

指針懶洋洋的往數字七偏移
太陽還在軟綿綿的被窩裡賴床
窗外的雨經過一夜的喧鬧
只剩細雨喃喃
滿室霉味的記憶

〈窗〉，攝於2019年，北海道。

01 當窗是一扇門

1

生活有時像流沙，愈是奮力掙扎，愈是無法逃脫。

依稀記得當年盛行的「末日預言」，繪聲繪影，人心惶惶。恐懼末日將至的人們，有些人害怕得在廟埕前搭起帳篷，祈求神明慈悲的眷顧庇佑；有些人購置貨櫃屋，打造自己的諾亞方舟。

當時的我問自己，如果真如預言所說末日將近，我想怎麼活？

這個提問有點像是「如果生命只剩三天，你打算怎麼過？」這類大哉問。但與前者不同的是，「世界末日」是多數人類的壽命將盡，或是象徵地球一個紀元的更新，思路走到這裡，便轉念將末日預言當作是「噬芥末日」或「嗜芥末日」了。

那年甫為社會新鮮人的我，無畏預言的威嚇，仍舊在自己的時空裡漫步，即使那些年的生活像是困在黑暗的房裡。

以為思索得透澈，其實一片渾沌，現實和理想的差距，與社會新鮮人的茫然相互交錯。如同被囚禁在黑暗潮濕的房，房的四面滿布一道道鎖匙牢固、大小迥異的門。似乎得像通過闖關遊戲那般過關斬將才得以獲得珍貴的鑰匙，方能開啟其中一扇禁錮之門。

黑暗的房有一扇窗，窗外景色像是一幅隨著季節更迭變換的畫作。我在屋裡透過窗櫺看著時光的變換，明媚動人，那是誘人的美好嚮往，就此戀上「窗」。

記得大學學姐在一次返回母校的演講中提到，「打開你的恐怖箱吧，你會發現其實沒有想像得那麼複雜、可怕。」於是為了置身窗外的明媚，鼓起勇氣奮力闖關，開啟一個個置放於暗室裡的恐怖箱，從中獲得了幾把鑰匙。原以為就此脫逃，但開啟的門背後只有一堵高築的牆，我依舊困在這間房。

憶起那年的末日預言，依稀聽見吶喊的聲音，彷彿當年無所畏懼的自己正在窗外召喚，點燃油然升起如初生之犢般的勇氣，於是破窗而出。

這時才明瞭原來窗也可以是一扇門，它不僅僅只是一幀會自動變換景物的畫作，亦是一扇通往美好嚮往、通往未知世界的門。在門前蜿蜒的道路上，意外與我所不知道的自己相遇。

2

打工度假是破窗後對自己所下最重大的決定，作為晚熟怕生、從未離家生活的我，一份遲來多年的成年禮。

愛知縣的家是有生以來第一個有落地窗的住所。落地窗外有一方小陽臺，可以看見對面人家一小片漂亮的植被。

豔陽高照的日子裡，最喜歡將屋裡的燈關上，讓耀眼的光熱情曬在晾掛於陽臺隨風搖擺的衣裳，穿過衣物縫隙，恣意走入我的房。那搖曳的光影，令人感到寧靜美好。

食品工廠是在日本的第一份工作，工作內容包含食品製作、品檢、包裝、封箱等等，與一般工廠專業分工有些不同的是，在這裡每個小時會換一個工作區域。對於一直以來從事靜態工作的我而言，需要搬運重物堆高的工作很是吃力。有的時候我會尋求幫助，但比起他人的協助，更希望能靠自己完成所有工作。

於是，試著在貨物堆不上去時用頭頂著，然後奮力一推，即使四肢常常因此滿布瘀青，也要證明自己可以做到。

從那時開始，不知是心理作祟抑或是體力消耗，下班後的時間裡總是感到飢餓，進食成了下意識的活動。不論是在站牌等待公車的時間、在電車上等待發車的時候，或是下了電車走路返家的途中，一個麵包、兩個麵包，或是一塊巧克力派、兩塊巧克力派不斷往嘴裡塞。回到家後總是煮滿滿一大鍋的飯，用大碗公吃。

黑夜將落地窗變換成一面巨大的鏡子，映照出雙頰塞滿食物的自己，彷彿只有不斷進食才能讓自己變得更強大，彷彿唯有如此，如黑洞般的心靈才能獲得一絲絲的飽足。

為了抵擋酷寒、風雪、大雨，日本的玻璃窗外有時會再加裝一道類似鐵門的窗，「試著在冬日的早晨打開落地窗的鐵門吧！」我對自己說。

伴隨寒風的晨光灑落，耀眼的金光宣告時光的推移，我的力氣漸漸變大，能完成的工作變多，成就感也隨之增長，似乎可以看見獨立有自信的自己些許模糊的輪廓，然而體重計上顯示的十位數字也悄悄增加了。

3

時序來到炎熱的夏季，我選擇到北海道的山區避暑。

這兒的六月天仍舊帶著些許寒意，還記得初到之時從行李箱挖出羽絨衣的新奇體驗，從沒想過夏季也可以擁有如此的清涼。

宿舍的每個房間都有一扇窗，纖瘦細長帶著白色的邊，鑲在床邊的牆上。

窗，是那方小小天地與外界唯一的聯絡口。有時雲霧滿佈，連雙眸也蒙上一層白霧，看不清景物及方向；有時藍天綠地，寧靜如畫。

窗外恰巧是來往必經道路，我喜歡對著窗外瞧，喜歡等待包裹的時候，貨運車出現的那一刻欣喜；喜歡每週巡迴商店車從窗前駛過的雀躍。

我的房位於二樓，由於建築於坡上，往遠方望去，道路、樹木、山陵於窗前鮮明，彷若居住於一樓那般觸手可及，似乎可以翻窗而出，與羊兒一同呼吸青草的氣味，在轉角處等待狐狸寶寶的身影。

這兒的工作大致上是餐廳接待、引導協助及內場料理準備。

餐廳十分注重「微笑服務」，原以為憑藉著滋賀的餐飲業工作經歷，已成功擺脫撲克臉的我，再次學習「微笑」的樣子。

自幼拍照時聽到「來，笑一個」，便用力拉開嘴角，以為笑容燦爛，但往往照片上的自己卻是面無表情，甚至面色凝重。

為此，工作初期每天對著鏡子練習嘴角上揚的角度。宿舍的房裡只有一枚小巧的化妝鏡；夜晚的窗，成了練習最佳利器。同事們也提供一些「親和力微笑」小技巧，可惜還是在每日檢討會議中被指出面無表情。

或許，我始終學不會「笑」的樣子。

那一天，一個可愛的小女孩走到麵包區前，使勁踮起腳尖，小小的身軀依舊勾不著架上的麵包。我走到她面前，拿起麵包籃讓她挑選，夾到盤子裡交給她的那一刻，女孩燦爛笑著向我道謝，害羞地跑開，那一瞬間我也笑了。

「亜希！」抬頭一看，是前輩。前輩指了指我的笑容說，

「做得很棒！」

從那天起臉部肌肉像是舒展開般，記憶起最自然「笑的模樣」。

愛知的落地窗如此寬大，得以使我看見自己更多的可能性，遇見大胃王的自己、氣力倍增的自己、圓滾滾的自己，更重要的是，與獨立勇敢的自己更加靠近；北海道的一方小窗，瘦瘦長長，鑲著白邊，像是面鏡子，映照出自己從來不知道的笑容。

人生有許多時刻，朗朗晴空突然被烏雲罩罩，雷電交加的天空雨卻落不下來。像是困在暗房裡，沒有白天黑夜的分別，時間似乎停止移動。

多希望在著急不得其門而出的時刻，能發現一扇窗，它或許不是顯眼寬大的落地窗，或許只是牆壁上緣，位置令人感到壓迫的小透氣窗，也能讓我們在需要的時候，攀上窗櫺一窺屋外動靜，甚至翻越而出。

始終深信每個人的生命中都有那麼一扇窗，在不起眼的地方，擁有再度點燃生命熱情的能力，帶領我們遇見未知的自己，足以成為門扉的一扇窗。

02.0 ㄍㄜˊ ㄌㄧˊ

我是一枚生長於鄉間的蛤蜊
可以埋進沙堆裡，輕易隱身的那種

世界是無垠的海
有我嚮往的蔚藍
我拼命伸長肉質水管
用力擷取些許
從未見過的湛藍
即使那些藍進入我的領域時
從來不是藍色

以斧足踽踽移行
在浪潮襲來的海水裡吸取食物，再默默排出
然而排出的廢物是不小心進食的？
還是體內消化轉變的？

人群是軟質的沙
能輕易包覆我
在潮水退去的沙灘中
使鷸鳥無法覺察
或是如流沙將我捲入
令我無力抵擋
於是，閉殼肌瞬間將殼闔上
企圖隔離成兩塊不相關的天地
直到海水再度沖刷

在黑暗中漸漸遺忘
是我隔離了沙
還是沙隔離了我

我本是棲沙性動物
卻成為世界之海的沙灘中
隔離的蛤蜊

◎註：蛤蜊，音同隔離。

〈蛤蜊〉，攝於2019年，愛知縣。

02 蛤蜊

我說人生如同沙中挖蛤蜊，有時不斷於某處施力，努力挖掘卻一無所獲；然而有些人隨手一刨，收獲滿載，不費吹灰之力。

你有挖蛤蜊的經驗嗎？我第一次體驗挖蛤蜊是於日本愛知縣。

那天一對日本夫婦一早帶著我們到一處海岸，我們在車裡邊享用早餐邊觀察潮汐變化。

那是一處鮮為人知的私房景點，因此據說隨手一刨便能滿載而歸。

到了退潮時刻，由於當日風浪及其他因素影響，即使退潮仍不適合靠近，基於安全考量，我們決定轉移陣地。

移動的途中想著，即使知道該處資源豐富，能獲得滿意的回饋，就算做足萬全準備，在沒有天時地利的情況下，依舊無法大展身手，只能轉而求其次，或是等待他日更適妥的時機，生活中似乎有許多事物的道理都是相通的，像投資，像工作，像人生。

第二個地點是眾所周知的挖蛤蜊聖地，抵達的時間恰巧不久後即將退潮。我們抓緊時間穿上雨鞋戴上手套，提著水桶及工具來到潮水逐漸退去的河海交界處。在泥沙裡不斷往下刨，一無所獲時覺得是否挖得不夠深，於是繼續挖直到確定該處什麼也沒有，才願意往前移動。不斷反覆著起立、蹲下、刨地、深掘，偶爾發現尚小的蛤蜊，於心不忍便又放回水中。

就這樣我的水桶裡只有寥寥幾個蛤蜊，而同行者的桶子裡顆顆肥美，頓時覺得汗顏。人生如同挖蛤蜊，或許我總是活得太過用力，在不對之處過分施力，在徒勞之處無謂執著。

同行者見狀，安慰我因為這裡廣為人知，能挖到的蛤蜊本身就不多，我第一次挖，能有如此成績算是不錯了。接著指導何處有蛤蜊，我隨著他指示的地方挖掘，依舊一無所獲。也許人生中許多答案必須自己尋找，在慧根未開或尚未突破盲點的前提下，即使答案顯而易見，明擺在眼前，仍然可能視而不見。

就在因為不斷起立蹲下的過程中略感暈眩的同時，一位日本媽媽將剛剛挖到的蛤蜊全數贈與我，邊說著挖得太少，不夠家人享用，也沒有時間繼續耗費在這兒，打算直接去市場買，邊往我手裡塞。

我很是惶恐，不斷推辭，沒想到她將整袋蛤蜊放在水桶旁，飛快地跑掉了。一時之間我愣住了，只能對著逐漸遠去的身影大聲喊著謝謝。

若問我這是施捨？還是幸運？端看從哪種角度解讀，而我相信日本媽媽的善意，不論是基於何種立場，在那個瞬間我的的確確不勞而獲了，也感受到旁人羨慕的驚呼聲。

考大學時老師曾對我們說，「不要因為努力卻沒有看到結果而喪氣，要相信這個世界會在某個時刻將屬於你的成果還給你。」一向沒有考運的我，對於這段話始終抱持著懷疑的態度，因為屬於我的「某個時刻」似乎還要好久好久才會到來。即便如此，仍相信努力是不愧於心的最佳選項。

現在我相信只要努力，總有一天會被看見，即使無法抵達夢想標的，也會有人欣賞、疼惜努力的自己，如同那位萍水相逢的日本媽媽，或許她看到了就算一無所獲依舊不斷挖掘的自己，或許心疼我那一瞬間的暈眩，才將蛤蜊贈與我而非他人。

我們就像躲藏在沙裡的蛤蜊，害怕被災禍發掘，又渴望被伯樂看見，於是乎只能等待潮水沖刷掉身上的沙，在最佳的時刻露出屬於自己獨一無二的花紋，被人肯定、珍視，收到世界給予回報的那一天。

03.0 臺北懸日

多希望我是高懸的日
在此處溫柔落下
半個時辰後便能
自南國慎重升起
點亮你那方
灰暗的天空

〈點亮夜空的燈〉，攝於2019年，愛知縣。

03 點亮夜空的燈

你是否與我一樣曾希望能夠成為別人的太陽，給予溫暖與支持力量？有些時刻，像是被烏雲籠罩遮蔽雙眼，看不清方向，忘卻自己會發光。於是忽略了雲的某一面正被自己照亮著，現在一定有某個人因為自己的溫暖變得閃閃發亮。

滋賀縣的長濱市傍著琵琶湖，遠眺京都，每每日暮時分，湖水被落日染得橘紅，閃耀著淡淡金黃色的光芒，春日時刻盛開的櫻花海也被撒上一層金光。我舉起手如同托起一顆燈泡般將太陽捧在手上，像是捧著一盞足以照亮世界的夜燈，把自己也烘得暖洋洋。

長濱的宿舍是飯店裡的客房，清晨四點半起床快速梳妝後，便趕往供應早餐的會場開始準備工作，直至中午時分幾乎都是空著肚子。有一次M領班媽媽跟N領班媽媽發現我沒空吃早餐，加上前一天若是夜班，比起早起吃早餐，把握時間睡眠更是重要。從那次起，便偷偷包了特製飯糰讓我在收拾會場時能快速進食。

這裡的派遣人員基本上都身兼其他差事，常常下班後緊接著趕往下個工作地。由於班表不定，能見到面的日子不多，但是只要班表一對上，便像母親那般關心我的伙食。

說起伙食，我最喜歡食堂的料理，食堂的主廚阿姨依照每日所需之營養素精心設計每週菜單，每天都有不同的料理可以大飽口福。食堂奶奶像照料孫女那般總要我多吃一點，得知不食牛的我，牛肉菜色的日子不上食堂，便以醃漬物小菜包飯糰讓我配著泡麵吃。

五月是日本的兒童節，也是新年號「令和」的第一個月，食堂的主廚阿姨見我孤身異鄉，特地研究食譜做了方塊酥讓我得以一解鄉愁，這份家鄉味成了在令和收到的第一份禮物——兒童節禮物。

我將家鄉味分送給客房清掃阿姨，她是第一盞驅散不安情緒的明燈。初到長濱的第一個夜晚，一群黑色不明小蟲從窗戶闖進房裡，甚至占據整張床。夜不成眠加上白天負重長途遷徙的疲憊，令人更覺無助，無助地看著夜空倒數著破曉那一刻。

不知不覺打了盹，再睜開眼已近上班時間，於是簡單梳洗，打算在工作前向工作擔當報告此事。就在此時，客房清掃領班阿姨敲了門，詢問往後是否需要進房打掃等等事項，得知小黑蟲襲擊，立刻請另外兩位人員前來，我們四人一同清掃，並叮嚀春夏時分窗戶不可開啟。很快地平息了這場蟲蟲風波，心也因此安定了。

不論是領班媽媽們、食堂主廚及奶奶或是客房清掃人員，大家對我的好都是在能力範圍內，不勉強自己過分付出，也不會讓接受的人感到壓力，對於彼此都不會有超出負荷的那般善意。他們就像一盞燈照亮我的黑暗，卻不會過於刺眼，將我的心烘得暖洋洋。我也想成為一盞燈，像他們一樣在能力所及之處溫暖他人，將他們給我的光亮傳遞出去。

一日大型宴會上，一位新進工讀生不小心在內場打破了一些食器，緊張得直道歉，徒手拾起碎落一地的碎片。我趕緊阻止她，連忙拿掃帚收拾，安撫她的情緒並告知破損餐具處理方式。見她自責得眼淚就要落下，於是開始工作糗事大放送，女孩才破涕為笑。

我常常在想那一刻是否成為一盞點亮女孩夜空的燈呢？我不確定，但唯一肯定的是那一刻點亮了我的心房，我感覺到自己也有發光的能力，在照亮別人的同時，也溫暖了自己。

我發現每個人都是一盞會自體發光的燈，可以照亮別人，也擁有點亮自己夜空的能力，只是偶而看見比自己耀眼的光芒，而遺忘自己的光亮；或是被突如其來的障礙迫近，忘卻自己發光的能力。

我們都是一盞燈，一盞點亮夜空的燈。

04.0 淚

昨夜下起一場雨
水珠捱著屋簷滑落
似梨花帶雨
自目簾落下

上｜注意鹿的標示，攝於2019年，北海道。
下｜〈鹿的雙眸〉，攝於2019年，奈良。

04 鹿的雙眸

說到北海道，你第一個想起的是什麼？大閘蟹？薰衣草？運河？夜景？

我最先想起的是「鹿出沒注意」的指示牌。

第一次見到這樣的指示牌是在前往富良野的路上，當時行駛在寬廣且鮮少遮蔽的山路，心想這樣的地方真的會有鹿出沒嗎？滿懷期待與鹿的美麗邂逅，可惜落空了。

第二次看見指示牌是從美瑛返回住處的山路旁。還記得當時跟著車上導航器引導的路線行駛，愈開愈覺得路愈顯窄小，雖然居住地附近本就地廣人稀，但也不至於杳無人煙。看著四處空無一人，眼前只有高大的樹林，這才發現我們來到租車公司叮嚀的

「千萬不可前往的後山禁地」。

於是開始摸索導航器重新設定路線，但是不管怎麼設定導航器都只有顯示這一條路線；拿出手機想查詢地圖，卻收不到任何訊號。

我們只有一個選擇，就是往前開，沒有退路了。

我們鼓起勇氣往眼前這條羊腸小徑駛去，一邊是山壁，一邊是斷崖，山路窄小得只能供一輛車勉強通行。深怕不慎墜落懸崖，本能地靠山壁一側行駛，枝椏劃過車體的聲音，讓我們不禁擔憂起刮傷後的賠償金金額。

這時沒聽到租車公司人員叮嚀的我好奇地問，「為什麼不能開到後山？」同事一聽大叫說，「因為有熊出沒啊！」

不問則已，一問滿腦子便是「熊出沒」的恐怖思緒，繃緊神經不斷環顧四周。由於山路窄小，車速不能太快，往前看是一片蓊鬱樹林遮蔽天空，讓天色變得灰暗；向後望也是一片蓊鬱樹林遮蔽天空，看不見來時路。突然有種深陷困窘境地之感，看不到入口，也見不著路的盡頭，更無法確認前方是否真有出路，我們只能依照尚能收得到訊號時導航器留下的地圖路線行駛。

多麼嚙噬人心啊！懷著忐忑的心情，祈禱不要與熊相遇。

這時，突然一個咖啡色的身影從右側的山壁一躍而下，輕踏引擎蓋，飛越至左側副駕駛座旁。

「不會是熊吧？」在車內一陣驚叫聲後，我鼓起勇氣往窗外一看，一雙靈動的眼睛不斷往車內瞅。

「好可愛！是鹿耶！還好不是熊！」語畢，便催促著往前移動，就這樣滿腦子害怕「熊出沒」的我沒有替這場意外的邂逅留下任何紀錄。

終於，看見天的光亮，我們來到山路的出口處，看到眼前大馬路上其他行駛中的車輛，頓時覺得心安，但是一股懊悔感突然湧上心頭。

我們是否在逆境中容易因為一心想逃離，而無暇顧及身旁美景呢？然而每個逆境中都藏有一份禮物，都有一雙鹿的眼眸溫暖地注視著、陪伴著，等待我們去發覺、收藏，幽暗的地方也能找到點亮內心的光芒。

如果當時不只是一心想著要逃離那片幽暗樹林、那條幽僻小徑，渴望擺脫那個可能遭遇熊攻擊的境地，而能好好凝視那隻遇見不易的野生鹿，好好感謝這場美麗的邂逅，是否遺憾就不會滋長？

如同作家米蘭・昆德拉所言：「旅程無非兩種，一種只是為了到達終點，那樣生命便只剩下生與死的兩點；另一種則把視線和心靈投入沿途的風景及遭遇中，那麼，他的生命將會豐富無比。」

聽說在日本，鹿是神的使者，我們似乎因此受到神的庇佑，開往對的方向，順利回到主要道路，而車身也很神奇的一點刮痕也沒有。

想到這個沒能留下痕跡的遺憾，突然想起你，想著你是否也
曾錯過了什麼正在後悔著？

05.0

病

我已分不清
究竟是世界病了
還是我病了
抑或是
我在病了的世界裡重病

我已分不清
是世界累了
還是我倦了
抑或是

我旋轉的速度
和世界不同步

我已分不清
在櫻花紛飛的季節
飄落的是浪漫片片
還是樹在滴血流淚

地上藍色交通標示，攝於2019年，東京。

〈櫻花〉，攝於2019年，長濱市。

05 剪櫻花的傻瓜

初次於日本看見地上斗大的指示標誌，自行車依循著指示方向行駛，忽然感嘆——如果人生有指標，就不會茫然失措，可以清楚明瞭往後道路的去向，便能減少走錯路的機會。可惜人生不是交通，沒有交通號誌，沒有一定的圭臬可遵循。

度過了寒冬，來到櫻花盛放的春季。平時頗關照海外遊子的姐姐們，帶著我們到一處小山腰上賞櫻，微寒的早春，尚有些許暗香，櫻花約略開了兩成。順著登山步道來到展望臺，展望臺附近種植了幾棵櫻花樹，櫻花樹旁有一座石雕聖平和觀音像。大夥兒被展望臺吸引，紛紛登臺眺望；而我被莊嚴佇立的觀音像吸引，趨前參拜。

我朝著嬉鬧聲前行，望向展望臺上的掛鐘，敲響鐘聲的粗繩自鐘的中心垂掛而下，繩子的尾端指著下方圓形簡易地圖，指示方向及各島嶼相對位置。此時同行的朋友都已下展望臺，到觀音神像旁的櫻花樹拍攝各式美照。我選擇獨自在展望臺上眺望，一片無際的海洋中一塊小礁岩上豎立著弘法大師塑像，任憑時光化成風雨烈日之刀，日夜鑿鑿不停，依舊堅毅。

從展望臺上俯瞰，一個個小小人形在櫻花樹旁打鬧，像是定格動畫般不流暢地移動。此時有個孩子不停搖晃櫻花樹，開心說著：「你們看，櫻花雨耶！好漂亮！」我很著急地衝下展望臺，對著孩子說：「快停止！不要再搖了！」他只看了我一眼，繼續搖晃樹幹。

我用盡所有力氣大喊：「它很可憐！拜託你不要再搖了！」霎時一片寂靜，所有人都望向我。

「該不會是我喊得太大聲了？那我小聲一點好了。」心裡想著，便輕聲說：「為什麼要這樣傷害它呢？」最後一個字剛從脣齒間離去，才發現焦急的淚水已濕潤眼眶，原來這才是大家盯著我瞅的原因。姐姐走到我身旁，拍拍我的背說：「怎麼這麼可愛。」

幾天後和姐姐夫妻倆一同採買日常用品，姐姐看到路邊的櫻花樹開玩笑的說：「你都不知道那天亜希為了櫻花要哭了……」

姐姐的先生得知來龍去脈後，和我分享一句日本俗諺——桜切る馬鹿、梅切らぬ馬鹿——剪櫻花的是笨蛋，不剪梅花的也是笨蛋。

由於櫻花和梅花的修剪方式迥異，櫻花若是剪到不該剪的地方，修剪之處便容易腐爛；而梅花則是不修剪多餘的枝葉，隔年就不容易開花。即是「雖然同是修剪，無法分辨哪個該修剪，哪個不該剪的人是笨蛋」的意思，人要有明辨是非及自行抉擇、決斷的能力。

後來再度於東京街頭看見地上的藍色指標，突然想起過往的自己看到這一幕時的念想。原來當時的自己只是憧憬做一個剪櫻花的傻瓜，放棄思辨、選擇的能力，只想安逸度日。

然而依循他人指示的道路前行，是否真會平穩順遂？而那樣的安穩是自己想要的生活嗎？

現在的我不再憧憬只做一個剪櫻花的傻瓜，開始練習聆聽自己的內心渴望，雖然看不見未來，目前所選道路正確與否也未可知，但我相信依循著自己內心的想望及憑藉著自身的判斷，總有一天會走出最適合自己的道路，如同歷經風雨依舊堅毅豎立的弘法大師一般。縱使路途迢迢，沿途顛頗，能夠行走在無愧於心之路上，便是專屬於己獨一無二的道路。

06.0 做自己的打傘人

你的天空下雨了
我為你撐傘
遮蔽灰暗的天
讓傘下的世界晴朗依舊

我離開以後
聽說你那兒的雲朵乘載過多水氣
水珠日夜不停地落下
烏雲飄到我這兒
吹起的涼風帶著些微濕氣
像是靜默不語陰鬱的你的臉龐

我不在的時候
你可以在雨中奔跑
放肆在雨裡哭嚎
讓雨和淚匯流成河
自你隆起的顴骨之山如瀑而下

我不在的時候
別忘了拾起身邊的傘
不等待誰
做自己的打傘人

油そば
東京油組総本店
台湾 タピオカドリンク

〈打傘人〉，攝於2019年，東京。

06 做自己的打傘人

我知道你有不知道該如何表達的難過，鬱結在胸口，像進入失重的時空。

曾經，我也不知道該如何表達我的難過。

自幼懷抱著文學夢，夢想自己的文字可以獲得各大獎項的肯定，彷彿唯有如此方能拿到成為文學人的入場券。高中時期開始參加各大徵文比賽，一次次的落選將於校內比賽建立起的信心狠摔在地，我開始自我懷疑，也懷疑起師長們觀看作品的眼光及讚賞的善意。不相信無法奪獎的不甘心推著我一次又一次的投稿，漸漸的我已經丟失了當初喜愛寫作的初心。

曾經，我也有不知道該如何表達的難過。

最親近的人往往傷人最深，某些時刻想好好促膝溝通，對方卻築起一道高牆，那道牆宛如否定了彼此的關係在對方心中的重要性，留我一人獨自在牆的這一邊努力。

家人，或許是最能體現愛與失落的關係代名詞吧。

每每齟齬過後，總被無能為力的浪潮淹沒，才發現，原來我不會游泳。

曾經，我不知道該如何表達我的難過。

那段追逐虛無縹緲愛情的時光，探尋關於「真愛」的解答，不斷追隨「它」的身影找尋答案，虛擲歲月青春，像是投擲至池裡的石子，沉入水底，毫無回音。回望那微起的漣漪安慰自己，假裝看不到自己對於感情的無能為力。

生命中有太多無能為力，無以為繼。常常想辦法讓自己強迫樂觀，殊不知悲傷負能量更加反彈，或許有的時候沉浸在負面情緒當中更具療癒能量吧。

那天東京街頭突然下起一場雨，一位女孩在店家門口找了個遮雨的角落，望著灰黑的天空，等待著。看見女孩彷彿看見那段身陷連日大雨時光的自己，下著暴雨的時候，總等待著誰替我撐起一把傘，期待著一把足以抵擋所有，大而寬廣的傘面，保護著我衣衫不濕，傘下無風無雨，晴朗依舊。

我總是等待救贖，等待某個人捎來解答。

直至遠行，重新獲得勇氣，遇見許多同樣喜歡創作的人，找回迷途的寫作之心。突然想起大學時作家到校演講時說的話，「文學獎是種肯定，沒有獲獎並不代表作品不好，作品喜好很主觀，知道自己的作品定位才是最重要的。」每則用心寫下的文字都是思緒及情感的結晶，如實呈現每個時期的自己，這便是作品之於自身最珍貴的意義。

後來發現，之於家人，之於愛情，在渴望被愛的同時，我忘記先好好愛自己，總是交付他人傷害自己的權力，讓自己淹沒在一波波無能為力的浪潮裡。

我開始試著做自己的打傘人，不寄託於他人的肯定，不執著於人生該上演什麼劇情，疲憊的時候擁抱自己，自己便能於風雨中撐起一片天地。

不論你現在人在哪裡，是身在人潮擁擠的街區，抑或是孤寂人稀的巷弄，下雨的時候別忘了為自己撐把傘，自己便是自己的依歸，做自己的打傘人。

獨自在這城市胡亂漫舞
亦如　在他城翩然
在人性裡漫步
在絕望裡孤獨
懷揣恐懼滿盈的徬徨
勇於成為那隻遷徙中脫隊
獨自奔向嚮往的黑羊

07.0
脫隊

〈巨人〉，攝於2019年，名古屋。

07 巨人

1

首次到名古屋市區時，一幢高聳的大樓佇立眼前，特殊的設計吸引目光。大樓前喇叭造型的裝飾招牌，似一朵望著藍天不凋的向陽牽牛花，大樓旋轉的設計，彷彿是巨人巧手扭轉的成果。

說到「巨人」便想到名古屋著名地標——人形模特兒，於是興奮地在車站周邊找尋巨大人形模特兒的蹤影，那是號稱沒見過就不算去過名古屋的著名標的。

人形模特兒其實不難找，遠遠的便能看見純白色、頂天立地、穿著時尚的模特兒佇立於路中央。

見到傳說中的標的，雀躍得尋找各種角度拍攝。此時一位小女孩走到模特兒前仰望，沒有恐懼，指著它身上的服飾和媽媽說話。另一位媽媽推著小男孩上前和人形模特兒合照，小男孩說什麼也不向前走，緊緊抓著媽媽哭了起來。

那一瞬間，我好像看見自己的投影。以往在困難和未知前我總感到害怕，我沒有支撐自己的自信和勇氣，困難和恐懼遂長成兩個高大的巨人圍困我，於是更加自我懷疑。

像是窺見某個深藏的祕密，我快速地拍了照，往下個地點移動。

2

一日的遊玩，自市區返家時夜已深，於是臨時起意到附近的中華料理店用餐。這間店是一對華人夫妻開設的，那日進門沒有看見來自山東的阿姨店員，才發現她已經回家鄉了。

山東阿姨見到我們總是像隔壁鄰居阿姨一般親切，鮮少客人的時候總和我們談天，關心我們的日常，很難想見在那開朗的笑顏背後未曾訴說的故事——為了生計飄洋過海，找尋提供孩子更好環境的經濟可能，縱使得忍受與家人無法相見之苦。

老闆娘告訴我們，阿姨的孩子病了，所以決定返鄉，為了孩子的童年，估計沒有再來日本的打算，生活就算苦也總會有出路的，對吧？

面對來到日本的未知，不會日文的她為了孩子長成巨人，雖然最終沒有積累到預想的資產，依舊為了孩子成為艱苦生活中，克服所有困難的生命巨人。**我想所有為母則強的人都是偉大的巨人。**

沿海地帶的工廠區也有著追求心中嚮往的生命巨人，她們是一群來自世界各地的女孩。為了夢想遠道而來，為了省錢，不去太遠的地方遊玩，只到附近看看海。她們確信自己內心的信念及嚮往，無論旁人以何種眼光看待，堅毅地走在自己的道路上。

女孩們和阿姨都是自己生命中的巨人，這些巨人們給予我成長的勇氣。她們以自身的故事告訴我「唯有成為巨人，才不會在困難前顯得渺小」。

漸漸地獲得的勇氣似乎也能在胸口生長出屬於自身的生命巨人。唯有將自己站成巨人，困難和恐懼便相對的不那麼巨大，不那麼具有威脅性，事情似乎有脈絡可循，像是手中一枚炸彈，或無法理解的密語，都能抽絲剝繭一一解開。

3

返臺後的某一日，突然嘴饞想嚐嚐久違的燒餅。

「只要燒餅？」老闆皺眉帶著上揚的語氣詢問。看著前方顧客大多點著幾十元、甚至上百元的餐點，此刻的自己不同以往的羞赧膽怯，開朗以對。

「是的。」

老闆皺眉說道，「15元。」

「謝謝。」

過往的自己若是遇到這類場景，便會覺得不好意思，進而開始自我懷疑，最終加點了其他不需要的餐點，即使當下只想吃燒餅。

那一瞬間我明白了唯有確信自己要的是什麼，內心長成的穩重巨人才會更加堅定，不被外界所動搖。

如同在北海道遇見的黑羊，牠是如此獨特、出眾，然而在人類的世界裡，象徵著特立獨行及不合群。

「脫隊」，往往被定義為「合群」的反義詞。但是當群眾朝著與你心之所向相反方向前進時，當群體正在通往你覺得不是正確的方向時，我認為只要能清楚覺察自己的作為，不造成他人困擾及符合道德規範的前提下，勇敢追隨嚮往，獨自脫離正在前往A的群體，勇於奔向B的標的，脫隊未嘗是件壞事。

在群眾集體意識綁架的時候，我們常常害怕自己的與眾不同，甚至極力隱藏自己的獨特。那頭不願成為群體中的鄉愿，抗拒在白羊群中改變自己毛色的黑羊；跟從內心聲音，勇敢做自己的人們是如此美麗，這是件多麼不容易的事情。要相信，總會有人欣賞佇立在白羊群中耀眼的自己，那個努力長成生命巨人的自己。

08.0 恐懼

黑影在心房打卡進駐
他將成套白色寢具染黑
讓窗外的白晝變黑夜
四處結滿黑色的霜

空中已無白鴿掠過
只有成群的烏鴉

在局勢還能控制之前
我想將他驅逐出境
他卻決定永久居留

〈希望〉，攝於2019年，名古屋。

08 來自旅行的解答

每趟旅程終會結束，這是在旅程還沒開始前已知的事實。我是那種，旅程尚未開始便憂慮終了時的景況，甚至為此感到惶恐，而無法好好體驗當下旅途風光。不論是日常旅行還是友誼旅途，抑或是人生之旅，在任何一件事情還沒開始前便預見它結束的悲觀主義者。

幼年開始，感到疲憊、無助的時候，總習慣性地說出：「我想回家。」哪怕說出這句話的當下其實早已身在家中，內心仍舊流竄著「想回家」的聲音以及一股難以抗拒的強烈感受。我從來沒有好好探究過這句話背後的真正意涵，即使長成青少年，也只是覺得會這樣說話的自己有很嚴重的邏輯問題。

隨著年齡的增長，我還是會在疲倦的時候冒出這句話語，然而我開始疑惑這句話裡所謂的「家」指的是什麼？一直追尋的回家之路終點在何處？

於是我開始往遠方找尋答案，在遠行的途中漸漸發現，好不容易抵達夢寐以求的旅遊處所，感到欣喜之餘卻隱隱有股失落在竄動。我依舊不明白我的靈魂，抑或是我的身體想要訴說什麼。

或許我享受單獨旅行，卻更渴望結伴同行吧。

在擁有珍貴時刻的當下，我總想起某些人、某些事物，想起那些之於自身最珍貴的，我想與他們分享新奇的見聞，創造不只專屬於自己的——彼此的回憶。

在一次北海道的輕旅行途中，進行了人生中久違的長談。

一位日本朋友突然溫柔的對我說，「很意外妳會拿別人的情緒來折磨自己，我們無法控制別人的情緒和想法，不需要承接過多不屬於自己的思緒。妳是那麼自信美好，為什麼要躲回自卑的殼裡呢？」

她看見了無法與這樣的自我相處的自己，那一刻突然覺得一股暖流在胸口，像回到家那般安適。或許，我已經得到長時間尋覓的解答。

於是，順著話語的脈動回想過往幾十年的人生，那段在夢想與現實經濟掙扎裡，笨拙得找不到前往夢想標的有效施力點的歲月；那些不安定、飄浮在空中的恐懼感，隨著話語的發酵漸漸幻化成一顆顆情感的氣球。

我開始向親近的朋友、家人掀開真實渴望被看見卻避而不談的部分——那個害怕被否定的自己。雖然過程不乏磕磕碰碰，然而那些緩緩升空，由彼此間無形的羈絆之繩串起的情感氣球，形成一道高掛於藍天的彩虹。

那些生命碰撞，成為一步一步引領自身前行的力量，一點一滴的積累都是養成現今自己的養分。

悄悄回首來時路，才發現這一切都是禮物。

了解自身以及探索如何與世界連結，如同農家於農場種植一片色彩斑斕的花田，學習如何在廣袤的大地開出美麗的花朵。

那日午後，我與朋友品嚐富良野特有的薰衣草甜品，一邊隨著這一片療癒的紫色花海搖擺。

後來發現不論身處何方，能與重要之人的心依偎在一起，心靈得以休憩的處所，能夠讓心靈感到溫柔、舒適的所在，便是「家」的依歸，原來我一直在尋找的、缺乏的，是一份認同的歸屬感。

重點不是我在哪裡，而是我和誰在一起——是此次遠行捎來的解答。

09.0 失眠

眼早已滿佈睡意
千萬隻瞌睡蟲
使勁拉扯
千萬條眼簾捲繩

疲憊是一劑麻醉針
注入身子
不自覺走進累格狀態

唯獨「腦」還醒著
清醒著駐守睡眠開關
任憑無數隻羚羊飛躍而過
仍舊盡責數著

〈333〉，攝於2019年，羽田機場。

09凌晨三點三十三分

現在是凌晨三點三十三分，你睡了嗎？

還記得結束旅程搭機返臺的那天下午，一如往常扛著大大小小的行囊移動時，電車上旁人注目的眼光。

現在想來我的行李好像怎麼都瘦不下來，像是拖著無法割捨的回憶，以及與之關聯所有細小物品，即使沉重卻珍貴無比。

然而所有的無法捨去，無法輕裝旅行的，都會牽牽絆絆，一個不小心便會跌跤。

京都車站手扶梯那一摔，在不斷捲動的階梯上。

我揹著大背包，雙手托扶著29吋行李箱，努力保持平衡，在即將抵達平面的同時行李箱失去重心，像是跑者撲向壘包那般，我緊抓著行李箱倒地，怎麼也爬不起來。我很慌亂，心想不能擋住其他人的去路，卻只能像隻跌倒的烏龜原地掙扎。其他乘客從我身旁快速走過，彷彿我不存在般，這讓我更加慌張。如同每一場友情或任何情感關係裡的磕碰，似乎只有自己看得見自己的難處和心傷，然而那些因無法捨去而負重摔跤的，或許都是自己抉擇的結果。正當我努力撐起自己的身子時，一位歐美背包客幫我把行李箱立起來，很快速地離開。

另一趟前往長濱的旅途中，於米原換車。當時的我對西日本的車站了解不深，只能循著車站的標示，依著手機App顯示的月臺候車。

那日乍暖還寒，吹起強勁的風，我拖著厚重的行李在月臺張望著，一位日本媽媽對我招了招手，說那裡有面牆可以避風，我向她道了謝，便一同在牆邊躲避風的肆虐。

她看著厚重的行李，問了是否搬家遷徙？要去哪裡？

我說，是的，長濱。

她覺得有些不對勁，那個月臺的列車似乎不是開往長濱方向，便幫我向站長詢問。站長貼心的帶我到正確的月臺乘車處，叮嚀一定要在該位置上車，若是在不對的位置上車，等會兒車廂分節，分別奔向不同目的地，我便前往他處了。

此時想從笨重的行李中拿出臺灣小點心表示感謝，可怎麼找也找不著。

日本媽媽已乘上對向月臺列車，而我的列車也已進站，站長正認真地執行巡視工作，於是乎除了鞠躬道謝外沒能將小禮物送出，未能好好傳達對兩位的感謝之情。我默默在心中祈願，願他們好事連連。

那日凌晨的羽田機場，一名歐美旅客望著窗外若有所思的模樣，美得像幅畫，便不由自主地按下快門鍵將這一幕收藏，後來發現玻璃反射當時的時間是三點三十三分。

聽說３３３是天使數字，意思是「正被信仰的神祇、守護天使們保護著，就算前進的道路上有所阻礙，也要相信最後會看見光芒。」

旅途中那些伸出援手的人們，不論是在京都車站無聲幫助的歐美背包客，抑或是米原車站熱心的日本媽媽和站長，都是我的守護小天使，默默散發著溫暖的光芒。

現在的你好嗎？所在的城市擁有怎麼樣的氛圍？你的行囊是否變得厚實？還是依舊輕裝旅行？希望我也能成為你心中的守護小天使，默默發光，給予溫熱能量。

我的守護天使似乎聽到我的願望，讓我在那天回程的飛機上看見窗外美麗的雲朵，雲朵上照映出飛機的影子——襯著太陽的光暈，那個自己的影子。

10.0 我是你的影子

我是你的影子
在你最耀眼的時刻緊緊依偎
隨著你賜予的形狀變幻
給予最崇高的祝賀

我是你的影子
當你暴躁時臣服於足下
毫無怨言任由踐踏
給予不離棄的陪伴

我是你的影子
緊緊相隨卻無法在你眼中停駐
無聲又渺小的存在

〈飛機的影子〉，攝於2019年，返臺飛機上。

10 飛機的影子

你知道布羅肯奇景（Brockengespenst）嗎？那是當我們背對著太陽時，太陽照射所產生的陰影投射至雲層的表面，在雲朵上被放大的影像。在雲霧繚繞的山上或是飛機上，都有機會看到布羅肯奇景。

那日，從搭乘返臺的飛機上看見窗外美麗的雲海，雲朵上照映出飛機的影子，那個首次於眼前呈現的布羅肯奇景，伴隨著雲霧反射陽光形成的彩虹光環，閃閃發光的「自己的影子」。

從很久以前就很喜歡自己的影子，像是另一個平面的自己，隨著給予的變化行動，沒有表情和情緒，只有無聲陪伴。

人們大多喜歡向陽，我也是。有很長一段時間嚮往太陽的光與熱，它的炙熱與耀眼令人無法不關注。有的時候陽光太過刺眼，我舉起手遮擋，仍然看不清楚光的模樣，卻深深被其吸引——我的生命中出現了這樣的他。

我讚嘆著將生命活成如此璀璨模樣的他，克服萬難勾勒出夢想弧線的他，他就像將夢想具體化的魔法師，又或者可以說，「他」的存在就是夢想的形體，他就是夢想。

那些追隨他的時光，似乎在不留神間默默成為幻化成他的影子的積累，漸漸遺忘自己的形貌。隨著他給予的變幻，而後渴望成為他的模樣，如此便能擁有光與熱，璀璨耀眼。然而我只是他的影子，無聲無表情，灰黑一片，只能待在不被看見的地方。

記得有一次在返家路途中瞥見一店家門口貼著明星的宣傳海報，上面寫著斗大的三個字「做自己」。如當頭棒喝般，赫然驚覺連「自己」是什麼模樣都不知道，該如何做自己？

影子永遠不會變成光，它沒有溫度，只能依附主體，在主體閃閃發亮的時刻才得以現身。

人的一生中是否都曾有過不小心在某個時刻變成誰的影子，替代實現他人夢想，或者依附於某人待在晦暗一角，祈求蛻變、等待被看見的經驗呢？

然而每個人都是獨立的個體，沒有誰該成為誰的影子，我們只是因為陽光太過刺眼，才會逐漸忘記自己的模樣。

從那之後我更喜歡自己的影子，在看不清自身模樣的時候背向耀眼的光，就能看見自己的形貌。

我們都要學習跟無聲的自己，那個些許黑暗的自己相處，因為那是生命的一部分，是不可切割且與自身相伴最久長的。

那天在飛機上看見雲層映照出布羅肯奇景的飛機的影子，彷彿看見展翅飛翔的自己。

在我乘坐的位置周圍圍繞著彩虹光環，像是宇宙給予的祝福，讓我明瞭自己也有勾勒未來、實踐夢想的能力，帶著彩虹的光芒在自己的天空翱翔。

如果我能成為你心裡的一道光，我想將彩虹光芒送給你，讓你記得自己也是絢爛的光，得以看見自己的模樣；讓你能在陰鬱多雨的時節裡，在心中印上許久不見的，滿天彩虹。

輯二

不願讓你瞧見我眼裡的祕密

我將思念寫成一封封信，放進瓶裡，讓它乘著海飄往你的方向。

在孤寂襲來的夜，像裝滿螢火蟲的瓶子，

點亮你那雙對世界閃耀的眼睛，以及烏雲遍佈的「心空」。

01.0 陌生人

若能再度相遇
我要裝作未曾相識於你
不清楚你的姓名
不知道你掌紋的粗細
不記得你喜歡泰式料理
不清楚你喜歡大衛・鮑伊
或是伊吉・帕普的樂曲
不知道你已默默封鎖我
不記得你鍾情斜坡的風景
和巡禮世界遺產的足跡

若能再度相遇
我要裝作未曾相識於你
不沉醉你擺動的畫筆
不沉迷你說話的語氣
不沉沒在你望我的眼波裡
不迷戀你發現新奇的神情
不眷戀你總在身後的安心
不貪戀你的訊息

若能再度相遇
我將真的不識於你
如此才能和你
以最合適的距離
譜寫適合我們的旋律

〈平行〉，攝於2019年，滋賀縣。

01 平行

曾經有人說，「告白，就是要做好失去對方的準備。」於是，面對最終可能的失去，有的人寧願堅守已有的、得以聯繫彼此的任何關係代名詞，懷抱戀慕之情而不輕易吐露，保持彼此最安全的距離。

有的時候相愛的兩人行至陌路，不再相見，於是，有人在愛裡委曲求一個看似圓滿的關係，舉起本該好好擁抱自己的雙手，緊緊摀住自己聆聽內心的雙耳。

那日和朋友討論起愛情中「平行線」的想法，她聽了我的觀點後說：「兩條不相交的平行線，渴望能有交會的點。可是一旦交會，兩條線的距離卻愈走愈遠，此時便又羨慕起平行線，得以穩穩回望在身邊，即使沒有交會的瞬間。」我很喜歡她的詮釋，道出了情感關係中的矛盾。

「比起無法獲得愛情，失去更叫人難以接受。因此許多人在交會與否的抉擇裡，選擇維持平行，如此能夠繼續平穩回望，也不會失去。然而交會的兩條線若願意為彼此駐足，便能編織出屬於彼此無可取代的美麗織品。」我說。

還記得那段日子東京常常下著雨，短短兩個月受到兩個颱風的侵襲，超市架上空無一物，晚了一步的我只能購入僅剩的一包吐司，和幸運尋獲不知道是誰擺放在酒類中的氣泡水。

日本史上第一次放颱風假，大家都預期心理大肆採買。颱風天裡終日響徹的避難廣播聲，也在東京姐姐的心裡響起了警報。

那天，車站前的積水已如同一方小小池塘，行人們紛紛踮起腳尖快速從積水處邊緣彈跳跨越，我也成為其中一員，像一隻直立的青蛙，小心踩踏水淺處，鞋子還是濕透了，我感覺到襪子緊貼在腳上的不適。

穿越馬路，如常入店問好，東京姐姐看起來似乎和平常不同，盯著街道看得出神。我將包包放妥換上制服，姐姐還是緊盯著玻璃門外，猶豫著支支吾吾說：「我剛剛，好像看到他在外面，因為我沒有帶傘，便小跑步進店裡，等我回頭看的時候，他就撐著傘走了，我認得那把傘。」

面對交會與否的抉擇時，姐姐選擇勇敢交會，以為能與華人男友就此織成一幅美麗的織品，卻還是敗給了文化差異。她經歷了令人心痛的別離——對方無緣由的突然消失——如同一縷輕煙般消逝，像夢一樣不真實。

姐姐淡淡地說：「如果我們只是陌生人，那該有多好。」

看著她說出這句話時的神情，彷彿聽到她內心的渴望——如果一切能從頭開始，倘若彼此不曾相識，與其相遇的是現在已成長的自己，結局是否會有所不同？令人難過的是，我們的愛還是成為兩條平行線，不再相交。假如「陌生人」是讓我們重新歸零的按鈕，願再相見之時，能夠沒有包袱，重新認識彼此。

有些愛情如同颱風過後的天空那般，美得不像現實。

逕自登陸，又快速離去。

徒留狂風毀壞的樹木、招牌及被攪動紛亂的心，還有一片美麗如夢的天空，那些夢幻般的記憶。

對姐姐而言，即使成為兩條愈走愈遠的線，彼此的情感已平行不再相交，仍不後悔當初的決定，亦不否定曾經喜歡對方的自己。

飛蛾撲火的奮不顧身，是成熟後遺失的勇氣，即使天真，卻也是深刻的歲月青春。

在感情中遇到矛盾時我總這麼想著，把每一天當作彼此生命中最後一次相伴，那份貴重感會讓人更加知足珍惜，似乎關係中一些可以化解的枝微末節都不再那麼刺眼。即使往後成為平行線，抑或無法再相見，遺憾似乎也就不會那麼深刻了。直到記憶漸漸模糊，對方的模樣不再清晰，還是會記得這份愛的溫熱，和曾經不顧一切的彼此。

02.0 一場與自己的戀愛

我不會靠近你
就這樣保持安全距離
像星星和月亮那樣
永遠不會相依

我會先愛上你
再默默放棄
如此就不用經歷分離
也不會傷心

〈青春〉，攝於2019年，京都。

02 將你融化的夏季

即將離去的時刻，突然捨不得這雙磨腳的鞋，像是無法割捨得迷戀著不適合的人。那些疼痛的記憶，破皮之後貼上層層膠布，隔著絲襪滲出血，一跛一跛在各個宴會廳行走的日子，竟令人無法割捨的眷戀著。

大地以生機的綠意卸下粉嫩妝容，春去的初夏，我將它放置在垃圾集中區旁，不願承認自己的親手拋棄，離開了長濱。

在某個通往嵐山的車站，遇見幾位高中生，青春洋溢笑鬧著。一會兒像發現新大陸那般大聲驚嘆，接著一齊或蹲坐或彎腰得圍繞成一個圈察看；一會兒像是因為男女間若有似無的情愫，此起彼落起鬨著。

彷彿建構某個獨特的夏日記憶，又或者其實只是個和往日別無二致的夏季。

從他們的互動中，我開始在腦子裡編寫屬於我的版本的他們的故事。

青春，似乎沸騰得足以融化夏天。

關於最近一次談論青春，我記得是在一個有雨的午後，雨滴敲出的音響和忽明忽暗的天色輝映，有時快有時慢，似晴似雨；有時重有時輕，像樂音漸強漸弱。

雨天，適合享用鍋物的時節。看著鍋內起伏的氣泡，隨著轉動的黑色旋鈕忽大忽小，忽多忽少，像是窗外雨珠的縮影。

雨聲是寧靜的，安靜得能聽得到鍋中滾沸氣泡的節奏。

我們笑談著學生時期的趣事，我說你的初戀結婚了。

你點頭表示知道，你說最近夢裡時常出現想念的人們，像是提醒疲憊的自己，生命中曾經擁有的關愛，那些最純粹沒有雜質的朋友之愛。不論夢境上演多麼荒謬的劇情，都能深切的感受到被一股最基本最單純的情感保護著，彷彿看見愛的雛形，溫柔的宣告——每個人都是值得被愛的。

我讚嘆你的轉變，笑著說那些年你成了他愛情裡最虔誠的信徒，他永遠不會知道有人曾為他如此煎熬。

那些懸而未決的，成為永不完結的推理劇，到頭來，只是自己跟自己談的一場戀愛。你接著說。

學生時期的愛戀，青澀單純，在對愛還很懵懂的時刻，愛可以純粹得很透明，一個動作，一個眼神，便足以填滿青春。

你說你不記得最後一次見到他的時候，他是什麼表情。因為那雙刻意失焦的雙眼，企圖不讓淚水聚合。於是你只記得失焦後揮手道別的他的輪廓。

那日的晚霞好美，讓我以為看見永恆。

無暇紀錄那一瞬間，在天暗去之際被時間驚醒。
那個午後，我們似乎回到了那年，將你融化的夏季。

03.0 童話故事

我曾是你浩瀚星海裡
灌溉守護獨特的玫瑰
卻不是你宇宙星際裡
用心馴養唯一的狐狸

如同巫女施的咒
使你成為青蛙
而我不小心落入另一個故事
在故事裡碰了刺
陷入沉睡

彼此在不同故事
錯身

我是高塔裡的長髮公主
無意間走入藍鬍子的世界
藍鬍子憤怒的刀劍下
順手拾起一雙鞋逃亡
與你一夜舞蹈
以為著上晶瑩如夢的玻璃鞋
就此來到另一個美好故事
卻只是等不到王子的仙杜瑞拉
雙腿無法停止舞動
才發現錯拿紅舞鞋
彼此在不同故事
錯身

如同啃食毒蘋果的公主
等待救贖的馬蹄聲
你不小心騎著白馬
抵達另一個故事
即將成為別人的新郎

為了再度相見
我願奉獻嗓音
忍受雙腿疼痛
笑著翩然舞起
直至你展露笑靨
以為這次彼此會與錯身
錯身

然而最終我仍舊只是
你記憶中的
泡沫

〈童話〉，攝於2019年，北海道。

03等不到王子的仙杜瑞拉

「王子與公主從此過著幸福快樂的日子。」有多少女孩在童年就此種下對童話的美好嚮往，彷彿這是人生唯一的追尋、圓滿的象徵呢？

自幼便是一個愛哭鬼，由於善於驚慌和哭泣，常常成為大人們捉弄的對象。懂事之後，也總是怯生生的模樣，遇見一些事情使我常常思考，為什麼有些人不能做個和善待人的好人，要選擇當個怕惡人的壞人呢？如果世界充滿溫柔的人，是否就不會有劍拔弩張的暴戾之氣了？

情緒低落的時候，喜歡到人潮往來之處觀看人世間各種情感風景，好像可以將自身暫時抽離，接著墜入他人的情境裡。

揣想齟齬的情侶是因為什麼而負氣離去？面對哭鬧孩童的母親其實犧牲了多少夢想走到這裡？我喜歡看著老爺爺和老奶奶相扶持的背影，在人群之中遠去，似乎在他們的世界裡，所有微小的煩惱都可以看得雲淡風輕。

依稀記得那一年因比賽落選而自我懷疑，還是學生的我不知道該去哪裡才能將自己好好藏起，於是在回家的路上跟著城市新戀的飛天魚一同徜徉人海裡，一會兒跟著小丑魚到便利商店覓食，一會兒跟著鯊魚到地下街歇憩。

我和那些一手被父母牽著，一邊目不轉睛盯著父母另一手拿著的飛天魚的孩子們一樣，望得出神，隨著尾鰭搖擺的頻率，以為自己也是條生活在城市裡的魚。

如果我是條魚，是否就不會殘存過多應該割捨的記憶？然而我始終學不會捨棄、放下，那些曾經留下的痕跡，即使是不愉快的記憶，之於我都是珍貴不可侵的一部分，是關於自身存在的證明，記錄自己是如何走到這裡。於是乎只想牢牢抓住，然而用力緊抓的雙手，其實裡面什麼也沒有。

我仍然想抓住些什麼，得以讓自己相信所期待的王子會出現在生命裡，拯救我、終結一切困難，在他的呵護下獲得幸福及快樂。

我想這應該是許多小女孩的夢想吧，有一天遇見白馬王子，過著童話中幸福快樂的生活。

那年，剛成為社會新鮮人的我，一日下班後的傍晚時分，落日的色澤橘黃得令人感到安適。

採買完食材準備自賣場返家時，自動門開啟的那一刻，十字街口滿佈人車，所有紅綠燈及行人號誌燈均亮起警示的紅色，人們駐足不前，車子也是，街上一片寂靜。

那一瞬間，我以為世界就此停駐，除了我之外。我以為王子或是實現願望的仙女會突然出現在眼前，帶我進入童話故事中，抵達完美結局。

然而，幾秒鐘後燈號轉為綠色，世界彷彿又轉動起來。

這是懷抱著童話的想望，第一次感受到魔法的時刻。

第二次感受到魔法降臨時刻，是在愛知的工廠。

當時剛交班，機器突然停止，戛然而止的嘈雜機器聲，所有空氣瞬間寂靜。輸送帶上定格的產品，有的奇蹟似懸掛在機器邊，所有物體都凝結在前一個時間點，那一刻我以為時間靜止了，世界停止轉動，只剩下我。孤獨感伴隨著悲傷突然湧起，這個世界上真的有白馬王子嗎？獨自在空無一人的廠房裡尋找啟動時間的他者。每當陷入自己也無法理解的悲傷時，悲傷會像陰鬱連綿的雨，澆熄對世界的天真和熱情，接著沉沒於現實之海。

過了一會兒，障礙排除，機器開始轉動。我將體內的小女孩驚醒，不敢再沉入夢裡。

後來在長濱參與的第一場婚禮，宴會廳以夢幻童話的藍綠色妝點，新人在場內甜蜜地跳著恋ダンス（戀舞，日本歌手星野源的歌曲舞蹈），場外一對情侶激烈地溝通著。看著相戀的兩人行至這步田地，不禁感嘆是否有時分離會讓彼此更加靠近？感情中許多時候，或許我不愛你，你不愛我，其實我們愛的是自己。

愛爾蘭作家王爾德曾言道：「愛，始於自我欺騙，終於欺騙他人。這就是所謂的浪漫。戀愛總是以自欺開始，以欺人結束。」是否，在喪失撒謊能力的同時，答案會更加清晰？

位於北海道由日本著名建築師安藤忠雄先生設計的水之教堂，與自然結合，天晴天雨都充滿不同的夢幻氣息。不再做任何裝飾的清水混凝土自然乾淨的設計，簡單純粹。來到建築的最上方，由透明玻璃圍築，中央建構四面的十字設計，莊嚴佇立，彷彿天地響起神聖的樂音。

接著映入眼簾的是半螺旋階梯，夜間搭配燈光旋轉而下，彷若化身童話中聽見午夜鐘聲響起匆忙跑走的仙杜瑞拉，直至教堂的光線豁然照耀著我的雙眸，眼前水天一色的風景，就是童話。

觀賞投影在牆上的介紹影片，和方才看到的婚禮文宣照片相結合，童話故事般的愛情就在眼前上映。

然而，卻與想像的不同。

婚姻，不是如同童話將自己的一生全然交付於對方，而是兩個成熟的靈魂攜手向前。

一邊思索腦子裡隱約冒出頭的念想，一邊來到由圓弧狀的霧面玻璃圍成的新人休息室，宛若城堡裡的玻璃屋，每一面玻璃反射出不同角度的自身樣貌。我像是身處迷宮當中下意識地旋轉，我找不到出口和完整反射出的自己。目眩神迷之際，我看見一扇疑似通往出口的玻璃門，那片玻璃映照出的自己特別清晰，於是朝著那個自己走去，順利走出迷幻的城堡。

突然間發現原來我一直等待的白馬王子不是別人，真正能救贖自己的只有自己。

幸福得自己賦予，自己必須承擔起自己的幸福及快樂，因為每個人都擁有讓自己幸福的能力。不應該將自身幸福的責任寄託於他人，這是不負責任的行為。無法讓自己快樂的人，又如何能感受到周圍給予的幸福呢？

「將幸福寄託於他人之人，只能做等不到王子的仙杜瑞拉。」

這樣的想法浮現在腦海的那一刻，忽然很感謝生命中出現的人們，謝謝他們成就我所不知道的世界，得以使我明瞭自己便是自己最美的童話。

04.0 想念

遠方傳來村上春樹的鼓聲
共鳴震響那塊屬於你的禁地
你將前去季節晝夜相反的南國之境
你期待那方的如火熱情
忘卻此處冰天雪地的迫近

轉身是歸途還是啟程
你在我的眼眸印下離去身影
那刻起
這城市所有瘦高的背影
都像是你

〈停止〉，攝於2019年，東京。

04 馬路上的停字記號

H像是一隻徜徉世界的候鳥，離別季節降臨之際，便往下個地點遷徙。

初見H是在冬末的臺北，候鳥收闔羽翼，令人看不清形體；由於外在的寒氣及內在的炙熱相互交錯，我的靈魂之窗蒙上一層霧氣，朦朧視野，使人只看得見自己。

春季，沒來由颳起一陣情感的風，將空中的雲霧吹散，我看見在樹梢歇憩的他，月亮般溫柔的雙瞳，眼裡閃耀的星光。

我是受傷的雛鳥，他將我拾起，教我如何重新飛翔。我向他學習飛行方法，在他身邊嘰嘰喳喳自顧自地說話，忘卻他是候鳥，該遷徙遠方，而我只是無法遠行的麻雀，只能在微寒的秋季送走了他。

從那天起，思念像是一種毒，驅使我找尋唯一解藥。

我開始追隨他的足跡，好奇那些他見過的風景、踏足過的領域，想了解那些曾經呼吸過的空氣，與什麼樣的陌生人相遇。

我以為會因此更加了解他，能與他的靈魂貼近；以為他的記憶會與我的疊合；我以為會找到變成候鳥的契機，就此從麻雀蛻變。

曾經以為記憶是可以輕易疊合的，在某些時刻，好像看見他的身影，又或者在某些場景上演相似的劇情，彷彿靈魂能抽離，以第三者的角度觀看這一幕，從其他人的身上看見我和他的故事，看見我們的影子。

然而我終究不是他，我不清楚他是以怎麼樣的心情呼吸著什麼氣味的空氣，又是在怎麼樣的情景和誰一同走過這些街道，一起看著這片風景。

我不是醜小鴨，沒有蛻變成天鵝的能力；如同麻雀始終不是候鳥，永遠無法遠行。或許他是座永遠翻不過的山，永遠看不見的風景，到不了的彼岸。

即便如此，我仍舊無法停止追尋。跟隨他的腳步，將散落的羽毛拾起，大口呼吸著他可能呼吸過的空氣，踩踏著他可能走過的領域，找尋他曾經留下的痕跡，穿梭在一條條巷弄裡，感受他曾經存在的氣息，懷揣著下個轉角似乎就能相遇的悸動，在那些地點將行走的期待一一擊落。

在想念他的時候，我總是傻傻的這麼做。我以為心痛會就此消停，思念不會再延續。

那天，漫步在洋溢想念的東京，馬路上偌大的停字記號彷彿與我對話一般，嚴厲的命令我停下。與橫亙在臺灣馬路上的「停」字記號不同，日本馬路上的「止まれ」飽含命令的語氣，屬於文法中的命令形；相較於無法辨別語氣的「停」字，令人備感壓力，像是豎立一道無形的牆，阻擋我的去向。

我企圖視而不見，卻總是映入眼簾，顯眼得無法忽視。

我對著馬路上隨處可見的停字記號不斷在內心瘋狂吶喊，

「我真的停不下來！停不下來！」

像是中了某種無可救藥的毒，無法停歇的想念，無法停止的戀慕，無法阻止這樣停不下來的自己。

05.0 東京一場三月下旬櫻花雪

何其幸運
得以在春天遇見冬天的你
日光下，彷彿一雙翅膀閃耀的光
著上雪白冬衣，瀟灑英挺
偶然落在為你粉嫩的面頰上

細語綿綿在我的身上不斷豐厚起來
語言的情感讓我將頭緩緩低下
小心乘載，好好收藏
這些對你來說的日常

幾度聽著楓紅落地
化為春泥的聲音
順著河流來到21世紀
我們不是牛郎和織女
沒有約定好的七夕
徒將思念化作春風
耗盡一年的美麗
伸展枝椏盛開成可愛的模樣

是否聽見思念呼喊的聲音
你才會乘著奇蹟再度降臨
是否太過著急想留住你
你才忍心離去

在我抖落瓣瓣破碎的愛情
留下顆顆等待31個春季*的淚雨

*註：前次東京三月下旬下大雪為一九八八年，本詩創作於二〇二〇年。

〈雪〉，攝於2019年，白川鄉合掌村。

05在春天遇見冬天的你

嘿，你知道二〇二〇年東京發生一件很浪漫的事嗎？

東京睽違31年於三月下旬下起一場大雪。在櫻花盛綻的粉色季節裡，白雪奇蹟地翩然落下，覆蓋在粉嫩的櫻花瓣上。那該是歷經多麼殷切的盼望，雪才得以在一九八八年那場美麗邂逅後，再度降臨。

當時已回臺灣的我接到東京櫻花雪的消息，想起遇見冬季的你的那個臺北春季，以及人生中第一場初雪。

在日的第二個月迎來於日本度過的第一個聖誕節，我和朋友在下班返家的途中提前幾站下車，來到一間小而溫馨的甜點店。揀了圓潤小巧的蒙布朗，和店內的聖誕樹合影，放鬆工作積累的疲憊，悠閒地度過聖誕夜晚。

隔天深夜，於床上輾轉，頭腦昏脹，心想「興許是昨夜著涼」，拿出耳溫槍一量，便遭公司禁止出勤——39.3度。

在家休養幾天，大病初癒那日，由於適逢流感高峰期，加上從事食品業，因此公司依舊禁止出勤。

那日早晨還在被窩裡昏睡的我，半夢半醒間接起一通視訊電話。電話那頭興奮得喊著「下雪了！」頓時睡意全無，原來是平時關照我的姐姐在上班路途中特意下車實況轉播。

我從床上跳起，深怕下一秒雪就停歇。於是簡單梳洗，著上層層保暖衣物，興奮得連手套都忘記戴，便衝出門，在紛飛的雪花中開心得旋轉。

這是當年度的初雪，也是我人生中的第一場雪、第一場初雪。

像是新生的孩童般在住處附近四處探索，熟悉的景色著上新裝，彷若來到另一處新天地。回過神時，已步行至車站。看著懸掛在包包上的公車定期票，臨時決定來一場小旅行，我想看看海岸線沿途的風景，想一窺渡船頭光景。

於是搭上電車前往終點站轉乘公車。空蕩的車廂只有我一人，雪花在車門開啟的片刻，乘著風進到車廂內，落在我身旁的座位上，很快的化成水消失無蹤。

年假前的公車站排隊人潮意外湧現，公車也想休假般難得誤點了。

這天乘車的心情很不一樣，不知是發脹沉重的腦袋讓身體感覺較為輕盈，還是出遊的心情已雀躍得飛到天上去。

抵達公司前站牌的瞬間，壓抑平日下車的習慣，隨著公車向前奔馳，像是將煩惱遠遠拋在腦後自在離去。

沿著海岸線行駛，日光斜照海面，閃亮亮得走入車內，令人睜不開眼。

抵達終點站，公車於渡船遊客中心前停妥，遊客中心外的一側架設販售各式小吃的屋臺。眼看時間尚早，撫摸尚未感到飢餓的肚子，決定往遊客中心走去。

中心內的右手邊販賣許多海產製品及海洋相關造型伴手禮；左手邊販售至各個島嶼的船票。我繼續往前走去，看著停泊於港邊的船隻隨浪潮漂動，呼吸的律動不自覺得與它的頻率貼近。就這樣在港邊靜靜看著潮動很長一段時間，思緒很神奇地被海的波動撫平。

回到入口處，一位可愛的奶奶問：「這班公車有經過醫院嗎？」

我點點頭說：「有的。」

我們一同乘上預備發車的公車，等待的期間和奶奶天南地北閒聊。奶奶得知我先前發燒，十分掛心人生地不熟的我，便問「要不要一起去醫院？有沒有帶健保卡？」由於燒已退，便婉拒奶奶的好意。

奶奶仍不放心得叮嚀看診的相關注意事項。短暫的幾句交談，令人備感關愛疼惜，原來陌生的善意便足以溫熱人心。

我和奶奶道別，在熟悉的路口下車。

雪落在路邊植栽的葉片上，凍傷發紅的雙手隱隱作痛。

聽說下初雪的時候，任何謊言都可以被原諒。

那天我堆滿微笑和你道別，其實想說的不是「保重，祝你一切順利。」

我其實想告訴你，與冬天的你相遇的那個春天，是我見過最美的春季。遇見了你，我的心似乎再也騰不出空位讓誰住下，即使你遠走他方，前往季節迴異的國度，見與不見，你都在這裡，在我的生活裡。至少以前是，現在也是。

對著紛飛雪花說出真心話的那一刻，雪突然停了，思念的餘溫融化了雪，就這麼在身上消逝。

人生中的第一場初雪停了，而我來到爺爺的蕎麥麵店前。

06.0 戀花

青春的痘在頰上發了芽
情思的豆在心裡開了花
那朵稚嫩小雛花
是你暖陽笑顏不經意種下

東風輕柔吹拂
注入成長能量
於是幼小脆弱的春華
默默地越發盛開堅強

然而雨季終究降臨
那來不及凋謝
未結果的愛戀
成了青春的永生花

〈思念〉，攝於2019年，愛知縣。

06 水仙

初次見到雪的我跟著初雪的足跡，來到爺爺的蕎麥麵店。

蕎麥麵店是一造木製建築，予人一種位於鄉下的爺爺家的氛圍。打開日式拉門入內，映入眼簾的是傳統日式玄關，到訪的顧客須在此處脫鞋，方能上一階入室。

室內鋪滿榻榻米，可以選擇跪坐在座墊上，體驗傳統日式飲食風格；若不習慣直接盤坐於榻榻米上，亦可選擇一般的餐桌、椅之座位。

店內擺設一方祭祀小供桌，供桌正對的那面牆上懸掛著古老的大鐘，時間隨著鐘擺的搖擺，訴說著遙遠的故事。背向大鐘，左側窗前擺放著一排童玩及藝術家手作品，原來店內空間於固定時刻會作為藝術課程教學使用。再往旁邊走一些，可以看見許多小巧可愛、新鮮便宜的當日現採蔬果。

這天我點了一直很想吃的蕎麥麵套餐，熟悉溫潤的口味，撫慰高燒甫退遲鈍的味覺，食慾大開。

臨走前於玄關著上鞋子的時候，在門邊看見了一桶水仙花。爺爺說正值水仙花季，是當日現採的和大家分享。

我很珍惜此次相遇的緣分，小心拾起，揣在懷裡，凝視著手中這一束用報紙包妥的水仙花，不禁懷疑我遇見的是俊美的你？還是顧影自憐的自己？

踏出店門之時，雪已停了些許時候，豔陽高照，道路上已不見初雪的痕跡，天空像是在開朗的大笑。

暖陽驅散身體的寒氣，久未步出家門的我決定帶著你開始一日的長途步行。我搭上了與平時通勤不同方向的公車，來到鐵路分支的另一個終點站。

我想去鞋用品賣場添購雪地用的雪靴，於是查看了佇立在人行道邊的公車時刻表，下一班車還需等待一個小時。拿起手機地圖導航，從地圖上的距離看起來並不是很遙遠，遂放棄等待，與你一同越過小橋。

午後時分的陽光落在小河上，粼粼波光與周圍開滿各色的小花相映，彷彿與橋上的我們構成一幅時間的畫作。

經過停車場，鳥兒輕盈地穿梭於各式車款間，**我天真地追著牠跑，欲留下可愛身影，可惜照片總是朦朧不甚清晰，如同跟隨你身後，卻從未將朦朧的你看清。**

烈日當頭，與你一同走在漫漫公路，車流不斷從身旁呼嘯而過。在這下過雪的日子裡淌著斗大汗珠，我小心地擦拭，不讓汗水滴落在你身上。

路途似乎比想像中來得遙遠綿長，公車自身旁經過的那一刻，彷彿聽見烏鴉在耳邊嘲笑自己的聲響，接著很快就被行駛中的車聲掩蓋而過。

經過漫長的步行，終於購入夢寐以求的雪靴。在夜幕低垂時分，與你一同乘上返回車站的公車，人潮擁擠，我緊緊抓著你。抵達終點站，跟隨下車人群奔跑，幸運地乘上即將啟程的電車。

默數著抵達轉乘車站的站數，卻不小心墜入夢鄉。鄉間道路普遍無設置路燈，窗外一片漆黑，所在車廂無報站螢幕，列車報站的廣播聲被行駛中的聲響掩蓋，就這麼在黑夜中坐過站了。

過站的列車會在下一站停靠，還有換乘返回的機會，那麼錯過的人呢？

回到家，我將1.5 L礦泉水瓶裡剩餘的水倒盡，用美工刀細細切割，深怕邊緣碰傷你，以膠帶沿著切割邊緣繞一圈貼緊。打開包覆的兩層報紙，像是打開潘朵拉寶盒，我很慶幸我們不是活在希臘神話中，你不在寶盒裡，細心養在房裡的不是俊俏的納西瑟斯，而是同花盛開的純潔美好。

我把水仙花放置於陽光灑落的落地窗邊，彷彿可以透過眺望的那片天空，將我的心意同此花語——思念——一併傳達給遠方的你。

07.0 月之九部曲

給南半球的你

彼此佇足地球的兩端
晝裡的我所望的月
與正在夜裡的你
仰望的月光
是否相同

距離

如月的你
只消花費0.00000004光年落入我的瞳裡
而我
只能從地球仰望你

聽說地球與月球的距離有380000多公里
聽說這是一個成人走76000小時的路程
若這是定居在你眼裡的距離
我願用盡所有光陰奔去

追逐月亮的流星

為了讓你看見我
我願燃盡所有
化作一枚流星
只為在你眼前
那一秒的墜落

滿月

你說月有陰晴圓缺
我卻等不到我們的滿月

失落

天是一口井
灰暗的看不清

月光淋濕了
我　獨站的角落

原地

時間不斷推進
我還在原地
如同月亮總會升起
你不曾離開我的生命

新月

現在的你
是以什麼表情看著
我什麼都看不到

漲潮

如果
不再關心月的明暗，或是圓缺
潮汐是否就不會更迭

那麼
忘卻悲傷的所有關聯
淹沒我的

是情緒浪潮
還是你

如月的你

不知從何時開始望向月光
臺北的上弦月是你微笑的臉龐
我將心意託付一朵雲彩
用一夜的時間飄往你的方向
在徐徐微風的夜晚
悄悄消散迷人月牙旁

不知從何時開始望向月光
愛知的三日月是你腕上一輪五色幸運繩
繩上牽掛的是我銅色的冀望

在你失落時暗暗發出光芒
擊潰所有不安的悲觀

京都的滿月是求知旺盛的你
閃閃發亮的眼眸
立命館奇蹟落下的一場雪
能否讓彼此再次邂逅？
當成群的烏鴉銜月飛去
偷偷將你藏在長濱城的懸魚邊
我將思念化作一陣春風
讓城池的櫻花綻放
給你一瞬動心的芬芳

不知從何時開始望向月光
滿滿星點的夜空襯托暖暖月輪

北海道的下弦月
是你若有所思的眉睫
在這微寒的六月天
溫暖指引夜歸疲乏的身軀
療癒的去向

不知從何時開始望向月光
遠離喧鬧的會場
新月下的東京已沉睡
新井藥師慈悲守護地方
漆黑的八潮夜空令人窒息
揪著領口等候月亮再度冉冉升上
我向上天求一個願
讓青鳥飛至你身邊

在星星墜落前讓你看見
我將流星編織成的珠簾
願你所想所念紛紛實現

〈月〉，攝於2019年，羽田機場。

07 月戀

漫步人群，車樓喧嚷。

那日進入大樓，與平日無異，抬頭查看公告螢幕，接著熟稔的轉入廊道。在轉彎處的落地窗前遇見你的笑，我禮貌性的點了頭便倏地轉身，不願讓你瞧見我眼裡的祕密。

同樣的時間，同樣的場域，同樣的你，不同的我。或許我是相同的，不同的是心底悄悄生長的某種微妙感受。

與你相見的日子，我總是一會兒看看書，一會兒抬頭看看你，周圍的談話聲彷彿被誰按下了靜音，一片寂靜只聽得見你的聲音。跟隨你的步伐重新學習另一種與世界溝通的方式，彷若牙牙學語的孩童拼湊出語意不全的句子。

攝影、繪畫、音樂創作裡藏著你的密語，我發現許多「月」的痕跡，卻從未探詢過你喜歡月亮的原因。因為不知從何時開始，你已成為黑暗中照亮我的月光，嚮往遙遠的那一端。

之後與你相見的日子，我一會兒看看書，卻漸漸地無法再看著你。寂靜縮為書一角，抱著昏脹發燙的腦袋，我只想躲進書裡去。還記得那天落地窗前你洋溢著燦爛微笑嗎？我倏地轉身，只因你的眼波已沉沒在我的瞳裡，我怕你從我眼裡的星光窺見我的祕密。

我喜歡你眼裡的星星，找尋月亮的溫柔。

然而你是我的月亮，我卻想成為你的太陽，是否代表注定不會是你想找尋的溫柔月光？

一次相聚，意味著一次別離，我始終學不會與你道別。

得知你將遠行的那日起，開始練習告別，如同某種儀式，如同拆解新建好的一幢房，一塊一塊磚瓦慢慢卸下，往拔除鋼筋的坑洞裡慢慢堆土填補，或許就不會有怪手摧毀的震撼，或許在你離去那日，就能恢復建築樓房前的平坦大地。

然而我，依舊學不會道別。

你離去之後，某個瞬間，望著月亮似乎就能看見你，月彷彿能讀懂我的心意，適時的出現或躲在雲裡。你是否也是因為相同原因，而喜歡月呢？

來到日本以後，日本的月似乎和臺北的月無異，不論移動到何方，皎潔的安心的存在，如同你在身旁。

離開北海道的前一夜，我將冰箱插頭拔除、淨空等待宿舍點交。

一夜的時光讓冰箱裡的霜消融成一處一處水窪，在此之前放置新買的薑汁汽水也早已澈底退冰，那是我們第一次一起用餐時你點的飲品。

我小心拂拭這些與你有關的痕跡，假想有塊橡皮擦在腦中擦拭，消除那些你說過的話語、浮現過的神情。

我明白你的去向、情感的流向，都是你的自由。

然而我的自由，不知從何時開始已被你的自由束縛。

生日那夜東京的月特別明亮，首次在異鄉度過生日的我，想將一個生日願望送給遠方的你。

如果只能為你許一個願，那必定不會是健康平安。因為我知道比起一生的健康平淡，你更希望在有限的生命裡，徜徉於世界的浩瀚。

如果只能為你許一個願，那將會是——願你帶著你的驕傲，征服我無法攀登的山高。

月似乎聽見我的願望，將天空映照得通亮。

今日月亮再度升起，皎潔的月輪卻依舊不是我所期盼的藍月或草莓之月。

月透著暗紅的色澤，漸漸被黑暗噬去。聽說這是睽違24年的超級月亮遇見月全食，月以血月的面容鄭重向世界宣告，隱藏於黯黮的祕密。

關於戀的，關於執著的，關於我們的，在月亮復圓之際，逐漸散去。

08.0 如果有一天我能變成你

如果有一天我能變成你
便能明暸你的所有思緒
知曉你看世界的獨特邏輯
抉擇時抱持的一切顧慮
經歷過哪些悲傷的記憶
閱覽過哪些快樂的風景

我想知道
人們如何和你互動
如何談論你的事情

擁有怎麼樣的人際關係
和深刻影響你的成長背景
關於那些你鮮少說出口的事情

如果有一天我能變成你
我便能讀懂你
細瑣習慣動作的寓意
隱藏涵義的微小面部表情

什麼時候渴望愛
什麼時候想躲進殼裡

有誰定居在你心裡
又有誰已被你驅逐出境

什麼時候會想起我
那又是在怎麼樣的場景
或者
從來沒有這樣的時候

我想知道
關於我
你是如何定義

只要一天
如果我能變成你

〈無法品嘗的香甜〉，攝於2019年，北海道。

08 愛的語言

關於愛的語言，每個人都不同。

我們像是配戴不同解碼器的個體，以各自的方式解讀名為「愛」的密語。

也許，某些解讀錯誤，只是因為他正在用他的方式愛著你，你也正在用自己的方式愛著他。

這趟旅程遇見許多不同的愛情故事，有追愛到秘魯的浪漫物語，也有受到家暴獲得救贖的感情。我常常在想是多少次的錯身，才得以在此相遇？在全球約有79億人口的時空下，得以交錯的每段緣分是多麼的難得，不論相伴的時間是長是短。

然而，有的時候太過在意一個人，對於事態、對於對方之於自身的情感，容易陷入無論如何努力還是什麼也看不清，眼前像是蒙上一層霧氣，朦朧一片的景況。只看見自白茫茫的霧氣中散發出的美麗光芒，卻不知道對方真實的輪廓。

眼前所見是透過自帶濾鏡呈現的畫面？抑或這便是對方真實面貌中的一小塊碎片？

於是我曾天真的想著，如果有一天可以變成對方，就能了解對方的一切，那些曾經提起和說不出口的事情。了解對方的渴望，就能以對方最沒有壓力的方式給予對方需要的愛，減少尖銳的齟齬，或許就能避免在愛裡遍體麟傷。

或許在變成對方以後，因為更加了解而加深戀慕之情；也或許從此摘除夢幻濾鏡，能平心靜氣以對，不隨心中的小鹿亂竄，學會多愛自己一些。

你有沒有過這樣的經驗？

在艱難的抉擇十字街口，不知該如何決定方向；或是不論做出何種選擇，之於自身的意義均是相同的時候。

於是乎放棄抉擇的權利，任由事態自然發展。

然而，不做選擇也是種選擇，這個選擇往往是默默影響事情演進的立場，亦如不做決定也是種決定。

某些時刻，這些「不抉擇」對某些他者而言，卻是最傷人的決定。

來到北海道的牧場絕對不能錯過香濃的牛乳以及牛奶霜淇淋。記得那天和朋友一起在草地漫步，坐在牧草堆拍照，享用濃郁的霜淇淋和時令水果，透過神奇的大自然力量釋放壓力。

朋友有一位心儀許久的對象，一日她鼓起勇氣欲終結曖昧裡忐忑的心情，她將自己的武裝褪去，將真心赤裸的放在他面前，給了他傷害自己的權力。面對朋友的告白，對方始終無回應，依舊如往常互動，沒有接受、沒有拒絕、沒有任何表達立場的說法。

原以為可以終結忐忑，卻將自身置於更加難堪的境地，像那日豔陽下落在衣角融化的牛奶霜淇淋，在衣裳留下濃郁香甜卻無法品嘗的印記。

或許對方的不表態是為了不讓彼此尷尬；或許是為了讓自己有充足的時間摸清真實心意；也或許基於某些顧慮，這是他的愛的語言，是他愛她的方式。我們無法變成他，無法知曉那些微小心事。然而，這個裝作表白不曾發生過的「不抉擇」，將她的心高懸在半空，比起拒絕，對她而言是最傷人的決定。

關於愛的語言，我想可能需要一輩子的學習，也許永遠無法參透。

或許，生命中的不完美，方能促使生命更趨近真實完美吧。

09.0
封鎖

明明就在那裡
我卻看不見你
在你點下選項那一瞬間
我們再也看不見彼此
所有痕跡一鍵抹除
彷彿那些路途不曾走過
或許從來只是一場夢
即使彼此知道
就在那裡

明明一直在那裡
我們卻再也無法參與
彼此的生活

〈遺〉，攝於2019年，名古屋。

09 我被獨自遺留在還有你的時空裡

人類的記憶需要多久的時間才會漸漸模糊呢？

有的時候以為連你的聲音、表情都想不起的瞬間，偶然映入眼簾的物品讓那些記憶又鮮活起來，恍如昨日。有的時候意外流淌進耳裡的一首歌曲，你似乎乘著樂音從過往到來，又好像是我乘著樂音回到過去，還是可以感覺得到你的體溫，在身旁的溫熱，是那麼的安定。

然而「記憶」又是如此的不可靠，我依舊不確定是你先說話，我才對你笑；還是我先對你笑，你才說話的。

或許，記憶留存的只是主觀感覺而不是客觀細節吧！

「記憶」，是多麼神奇的存在啊！

那麼，人們對於「時間」的感知是怎麼樣的呢？百無聊賴的一日，感覺長日漫漫；歲月靜好的日子，光陰伸展得恰到好處。

出遊探險的一天，時間似乎總嫌不夠；獨自冒險的日子，生存壓力將分分秒秒輾壓拉長。

和你一起的日子，時光總溜得飛快；想念你的時間卻是那麼漫長，漫長得像日常那般自然，那樣綿延不斷。因為是日常，有時也覺得我們分別的時間並不那麼長，彷彿昨日才見過面，揮手道別的畫面溫熱依舊。

有人說，讓時間沖淡一切；也有人說，讓時間證明一切。

「時間」，是最好的治療師？還是最佳的見證人？

是從指縫溜走的沙？還是沉重得令人難以喘息的沙堆？

人們對於「思念」的感知是一樣的嗎？

近來朋友經歷喪母之痛，面對他無盡的想念，我一句話也說不出。我在他身上看見思念的重量，那份比我的重上千萬倍的思念。

或許，思念的重量本就不能比較的。

我想輕撫他的思念，以一個思念之人的身分。雖然知道，其實我什麼也做不了。

我常常在想，要和你說幾次再見才會真的告別？

曾經以為不去觸碰，情感就不存在；不去努力，就是順其自然。後來才發現，原來我只是撇過頭不看。

人們常說，人有千萬種可能。於是我鼓起勇氣進行千萬種嘗試，在人海裡找尋各種關係的可能，在抉擇的當口選了不同的選項，在不同的岔路來回走了千萬回。

然而，那些寫了又寫的人生習題最終的答案，那些令我像是在迷宮裡兜圈的岔路最終抵達的目的地，似乎都是你。

在認知到你是我對愛情最原始定義的單位時，我放棄思念，放棄思辨，放棄道別，或許某天新世界顛覆了我的生存公式，所謂的答案、目的地就會有所不同了吧！

最近臺北的天空總是灰著臉，下著一場又一場的雨。陰鬱的天將我又置回那個曾經遺忘的，被獨自遺留在還有你的那個時空裡。

——給H。　二〇二一年十月

輯三

那些微小日常

懷揣從未傾訴的祕密，將心意藏在日常細節裡。

01.0 走了

「世界很大，我要走了。」

「你會回來嗎？」

「會，會回來的。」

「我等你。」

「我回來了，我回來了！」

你笑了，卻走了。

再也不回來了。

〈放不開的手〉，攝於2019年，滋賀縣。

01 放不開的手

「鈴——鈴鈴——」我永遠不會忘記那個午後，那通電話響起的頻率，以及在門外等候的一個小時。

那是一個日常的午後時光，打開行李，悠閒得整理這一年來的軌跡，將那些自踏足過的地點帶回的小巧日本伴手禮一一分裝，期待與親朋好友相聚時，那些因它們而浮現的笑容。

此時電話響起，電話鈴聲的音頻似乎比平日來得急促，像是催趕著午後慵懶的人們快快起身，接收重要事件告知。

我和父親快速地換上外出服，以最短的時間來到銀色大門前。距離門邊告示牌公告的探視時間還有一個小時。環顧四周，沒有表姊的身影，於是撥了幾通電話，沒有回音。加護病房門外的一側有一間小房間，門口標示著「家屬休息室」。靠近門邊的置物櫃上標記著病床號碼，再往深處望去有幾張上下鋪的床，人們拉上床邊簾子，或坐或臥。我朝裡面輕輕一望，似乎沒有表姊的身影，便不好意思得退到另一側等候區的座椅。

一整排座椅上填滿焦急、無助的靈魂，靈魂藉由交換彼此經驗相互增溫，互相支持的力量使彼此強大，不讓惡的念想趁虛而入。我坐在椅子上靜靜聆聽不同的生命故事，看見人世間各式各樣的情感及關係。

此時一張名片映入眼簾，一名女子趨前詢問是否需要看護？我笑著婉拒的同時，隔壁的阿姨像是遇見久未連絡的好友，一股腦地傾訴這些日子裡的種種。此起彼落的談話聲彷若構築一個小小社區，然而眾人卻渴望這個社區不曾被任何人需要，不曾存在過。

大門敞開，人們蜂擁至門口置物櫃，熟稔的將手機關機，依著床位編號換上隔離衣，戴上口罩，仔細的清潔消毒。

緩緩走到最深處的那張床邊，姑姑插著呼吸器，雙眼緊閉，由於一側內出血，左半身子用枕頭墊高。我輕輕握著那被藍色網狀袋包裹的手，在心裡說著「我回來了。」突然姑姑睜開一邊的眼睛，像是做了一個很長很長的夢，被誰喚醒一般。

她瞇著眼睛看著爸爸，爸爸很興奮地問：「妳認得我是誰嗎？」姑姑點點頭，接著看向我，我趕緊靠近讓她看清。

「姑姑，是我，我回來了，我從日本回來了！」她很用力地眨了眨眼回應，吃力地微微點了頭。

我握著她的手，好久都說不出話來，只是聽著爸爸不斷說話的聲音。

過了好一陣，忽然想起姊姊。

「啊！剛剛進來前姊姊有傳訊息說她去買尿布、一些日常用品，我差不多該去和她交換了。」

由於單次只能兩人入內的限制，姊姊和我匆匆打了招呼，便把握時間探視。

記得姑姑七十大壽時，還是學生的我想替簡樸生活的她添置飾品，於是在網拍上找到一間擁有「物美價廉」評價的店家。小小的店面，沒有招牌，隱身於住宅區的馬路邊。老闆娘很親切，得知預算有限，便拿出最便宜的玉鐲，並允諾尺寸不合可以更換。我開心得直道謝，拿出儲蓄許久的零用金付款。

幫她戴上的那天，她像是首次著上高跟鞋旋舞的女孩，又像是獲得某件寶物，不斷向旁人炫耀「你看她送我玉鐲耶！」那是我第一次看見她神采飛揚的神情，女孩般純真的笑容。

然而沒幾天便取下放回盒裡，說是捨不得戴，怕弄壞。

姑姑總是委屈自己，將家人擺在優先順序的最前頭。在我年幼時，家裡經濟困窘之際，即使自身手頭不甚寬裕，依舊出手相助。她是那種只有一千元，得知對方需要一千五，也會努力湊齊，並且讓受助者以為她有兩千，讓對方在不增加心理壓力的情況下收下。

這是長大後才發現的祕密，希望今後她能不再虧待自己。然而事與願違，夜裡突然吐血，姊姊才得知姑姑前一日在市場採買時被撞傷，是夜緊急送醫時已失去意識。

詳細檢查後發現除了受到撞擊出血外，尚罹患胰臟癌，腫瘤不只一個。

經醫師專業評估認為狀況不樂觀，比起開刀治療，若不排斥轉安寧病房，會是比較推薦的選擇。

甫轉至安寧的那幾天，突然想起我們從未合照，心裡盤算探訪的時候要準備哪些她愛的東西，和她分享哪些日本趣事。

此時電話鈴聲再度傳進耳裡，電話那頭傳來姊姊哭泣的聲音——醫院已發出病危通知。

面對長輩，總遺忘人們打從出生便一步步邁向消亡，而他們走在我們的前頭。以為一切猶未晚矣，其實早已如掌中沙悄悄流逝。

聽見歲月步履的殘音逐漸遠去，即使緊握的雙手裡早已什麼都沒有，仍不願輕易鬆開。

雖然明瞭放手是對於生命最深的祝福，然而我的手在握住她那雙被藍色網袋包覆的手的同時，已放不開了。

在心裡，在某個時空裡，仍然看顧著彼此，以最溫熱的祝福。

02.0 戀物狂

習慣
用物品填補生命的匱乏
不斷堆積直到看不見陽光
你不擅長
梳理每個物品的紋理和質性
只要看到空缺
就不斷堆疊向上
如同客滿的鞋櫃
永遠缺少一雙
不存在的鞋款

忠犬盡責守護
這些旁人眼裡的廢棄之物
努力劃界佔地為王
誰要是碰觸
便大聲叫嚷
彷彿訴說
你只是比較念舊難忘
才會將他人不經意遺留的唾沫
捧在手心裡
默默潮濕你的雙頰

直到濕氣朦朧視野
在你的皮膚上開滿皺摺的花
悄悄紀錄那些

逐漸遺忘的歲月年華
包括你的來向
以及何時構築這間房

你將自己困在這方
只能原地旋轉的儲物房
忘卻每個物品
應有的紋理和質性
或是自己該面朝哪個方向

我試圖在這裡找尋寶藏
才發現
原來我也只是物品一樣
你不需要的
那樣

〈半價出售〉，攝於2019年，大阪。

02 半價出售

記得第一次去大阪的時候，一幢三層樓高的衣飾賣店，各式各樣風格的商品均有販售，環肥燕瘦都能在此搭配出自己的時尚風格。

總想著有一天要帶家人到此遊玩採買，在賣店門口對著對面店家的攝影機和即時螢幕玩耍、拍照，想著雙親可能出現的神情，自己在店裡暗自微笑。

我的父親從來不記得我們的生日。

在他的世界裡有關生日的數字只有關於自己的。

我的父親喜好從路邊撿拾物品，只要看起來新奇的、堪用的，他都會拾起帶回，像是發現新大陸那般向我們展示。小的時候沒見過的東西多，對於那些有些骯髒破舊的物品，雙眼仍舊閃耀著光芒，彷彿尋獲藏寶圖上的寶物，興致高昂的一窺究竟。

父親撿拾的物品小至沒見過圖示的紙張，大到垃圾集中回收區的電腦。

那是個會在年節前公告時間於特定地點集中回收大型廢棄物的年代，父親有時會直接詢問來丟棄的人能否將物品轉贈與他。那天，父親在經過巷口電線桿回收物放置地時，瞥見一臺電腦，對於當時買不起電腦的我們而言可謂如獲珍寶，父親要哥哥抱著電腦在路邊等他騎摩托車來載回。

後來的年歲裡，母親總說不論度過多少歲月，那一幕像是在暗房裡的底片般清晰。

就這樣，家中的物品愈來愈多，空間被填滿，人，似乎也成為一項物品，有固定的位子休憩，沒有轉身的餘地。

時光將我的身形拉長，日子沒有填滿情感，卻默默填滿一間房，填滿生活的困擾與不便。

長成高中生的時候，向認知中「惜物」的父親吐露物品造成的困擾及窒息感，得到的只有漠視及憤怒，這才想起父親從來不記得關於我們的事情，不論是學校年級、日常喜好，抑或是簡單幾個數字的生日。

那一瞬間突然覺得自己之於父親或許真的只是一件物品，和房裡那些別無二致，且是不需要的那一樣。

有一段時日父親會騎機車載我趕搭首班捷運，好幾次父親見列車即將進站，便下意識將車身傾斜讓我方便下車，殊不知我的腳一陣刺痛，隔著長褲管疼痛感愈發劇烈——我的腿被排氣管燙傷了。

在醫師的叮嚀下小心休養，即便如此，在下車之際，車身依舊像是不平衡的桿子總是傾斜。我的腿，在相同的部位，被排氣管燙傷三次。

「然而或許這也是某種愛的展現吧」，我對自己說。

記憶中父親做過最像父親的事情，大概就屬高中某一個寒假陪我應徵年節工讀生了吧。

還記得那天賣場該區負責人刁難的話語，當時的我還是怯懦怕生的模樣，在一連串言語刺激下，心中默默決定放棄這份工作之際，父親突然對著負責人鞠躬，誠懇請求好好關照。從沒見過父親這樣姿態的我，眼眶發熱，那是在對於自身產生「物品感」之後第一次感覺到父親含蓄的情感。

最近一次前往大阪時，賣店大樓貼滿sale字樣的小海報，店內架上掛著五折的標示，有些角落架上的商品已被搶購一空。這時才深刻認知到店家真的要關門大吉了。

或許我們之於父親只是件無法割捨的物品，或如同架上打折出售的商品。也許對我們只能付出五折的愛，但在半價出售的艱苦時刻，仍默默留下像燙傷疤痕那般，隱晦的情感痕跡。

03.0 我不敢看我自己

我不敢看我自己
不敢望向鏡子裡那張熟悉又陌生的臉龐
眼尾又長了條皺紋
鼻翼冒了顆痘痘
臉頰多了一小塊老人斑
每次照鏡像是
驗證歲月的軌跡

我不敢看我自己
不忍望向照片裡那些自然的神情

於是開啟App
將雙頰縮小、眼睛放大
用魔法般的手指將毛孔抹平
直到再也認不出自己

我不敢看我自己
我已經遺忘從什麼時候開始
忘了自己真實的模樣

〈逆光逆旅〉，攝於2019年，北海道。

03逆光逆旅

序曲

我一直相信，雨天，是為了讓情緒高昂的人們得以冷靜；為了讓暗自神傷的人們得以放聲哭泣；為了，成全我的小小憂鬱。

晴天，以熱情的光芒和無垠湛藍的天空，與愉悅的人們一同歡笑，給予失落的人們溫暖擁抱。而晴天之於我，猶如疲憊的身軀在鬆軟的被窩裡翻滾，將臉埋進洗淨的床褥中，嗅著太陽暖烘的氣息，得到如新生兒般純淨的思緒。因此，疲累受挫的日子裡，我喜歡在耀眼日光下，淨空內心望向藍天，讓暖陽溫熱我的雙頰，感受天地氣息。

還記得那天是第二十八日，一如以往在日頭攀爬至天頂時，提著熱騰騰的午食，經過兩條斜置道路的命運十字街口，踏著敲響生命樂音的黑白鍵，進入院區。

那日，雖然紅日高掛，卻狂風四起，吹得人同花草搖擺，也吹起我的小小思緒。不自覺在大樓側門駐足，望向大樓前的噴水池，在川流不息的人海中思索生命同水花脆弱，狂風一吹就散？還是和一旁的花草般，堅韌的隨風搖曳？這樣的思緒綿延如連接院內兩棟大樓的長廊，深且長，偶而襲來一陣冷風，攪亂我的髮絲，在如此暖陽的日子，寒意悄然上身。

母親的床位緊貼窗邊，窗外可以遠眺關渡平原，醒目的北投焚化爐煙囪聳立，指引家的方向，但母親總是將窗簾緊掩，問她原因，直說煙囪刺眼。

母親小睡片刻的午後，我輕輕將床腳邊的窗簾拉開，悄悄往下瞰，好似來到小人國，一個個迷你的小小人兒，在一幢幢大樓間走來竄去。我倚在窗邊，舉起食指及拇指，量測一個人形的大小。

在大樓前，在手指間，我看見了人類的渺小。

忽然，人們像是隨著水珠落下的次序，依序展開手中那一荷蓮，一點一點隨著雨滴綻放，如地面盛開著會移動的花朵。

雨聲喚醒了母親，看著天色預見會大雨的她，催趕著要我在雨尚未滂沱前返家。

我在窗外回望，向母親揮揮手。

我，也成了那渺小的一群。

雨天，再度成就了我的小憂鬱。

一切像注定般巧合，在失業前幾天，母親病倒了，生命之河不斷向前翻騰，卻仍被巨石阻擋，激起的滔天浪花，那生命困境的反饋，淋得我一身濕。時間之風依舊不間斷，即使河水只能撩起些許漣漪，也不允許停下腳步，直到成為一灘死水，直至乾涸方休。

天氣並沒有像母親預見的那樣，沒有大雨滂沱只有狂風大作。

走在回家的路上，街燈點亮黑暗的夜，在每個夜歸的倦鳥心中燃起一盞溫暖心燈，足以驅散恐懼。巷弄間滿溢家庭香氣，每踏出一步，就會有新的菜香縈繞鼻息，從巷口的菜脯蛋、魚香茄子，到最近坐月子的鄰居家的麻油雞，道道佳餚應使我飢腸轆轆，但卻不同以往，每踏出一步，就磨人的倒胃口。

母親準備做電腦斷層導引穿刺術，這些天室友不斷鼓勵著母親，雖然相隔一層布簾，溫熱的聲波仍像春日的暖陽，融化緊張冰冷的心，安撫躁動的思緒。

母親的室友和我不同，她有一個堅強的靈魂，即使在她二十多歲的花樣年華就被病魔選上，面對生命的重擊，依舊正面樂觀，與其共處十多年，從各式藥物治療，到洗腎昏迷指數低落，最終靠著堅強的求生意志蘇醒。十多年如一日的自行倒立拍痰，即使生命大半的時間耗費在大大小小的醫療院所，生活就算愈過愈艱辛，她卻走得更踏實，更傲骨。

破壞

施行穿刺術當天，早上八點鐘，懷著忐忑的心情，惴惴不安的在座椅上不斷移動身軀，搭乘的車輛正奔馳著，我想為了做穿刺術自前夜就禁食的母親，現在的心跳頻率應該比我的漏跳許多拍吧。

我最喜歡在通往臺北方向的大度路上向右方望去，那無垠遼闊的視野，一片隨風搖擺的綠色波浪，101大樓、社子大橋以及北投焚化爐煙囪連成的完美弧線，襯著煦煦朝陽，如同一幅不朽的名畫，又像是另一個母親，溫柔的替我打氣，細細耳語，「即使今天有再大的困難，也不要忘記這一刻的美好，只要堅持信念不放棄，每天都會是美好的一天。」

可是，當我向右邊看去，不知何時築起的巨大鷹架遮蔽了視線，我像找不到母親的孩子，淚水不自覺的在眼眶打轉。

這時我才明瞭，原來，煙囪對於我是溫暖家的幸福指引，之於母親卻是觸不到的復原之路，看不見的出院之期，那根扗在思家之情中徬徨無助的刺。每每拉開窗簾的同時，它就像倒插的睫毛刺眼，即使緊閉雙眼，也不會隨淚水流出的難受。

傳送員帶著朝氣的聲線出現在病房門口，帶領我們到放射科聽術前說明，在簽署同意書的剎那，有千萬個放棄的理由不斷在腦中亂竄，但手仍搖動著沉如鋼鐵的筆。畢竟這是在眾多檢查後，最有可能找出病灶的希望之光，是上天慈悲降下救贖的蜘蛛之絲，即使再多的懼怕，我還是能清晰的看見母親緊抓的雙手。

這些日子裡，先是母親突然病倒住院，緊接而來的失業，接著，家中的物品似乎感知到母親的處境，紛紛罷工表示哀傷。諸如飯匙盒斷裂、洗衣機永眠、熱水器冷淡、住了幾十年的老舊房舍的天花板因為附近工地施工漸漸剝落……生命中的大小事物不約而同的朽壞，面對破壞之神的降臨，我想起過往觀賞過的電影中，令我最難忘的一句話語——沒有破壞就沒有重生。

我相信破壞之神在破壞的同時，仍會給予重生的能量，現在正是新生的契機，是煥然一新的機會，我是如此堅信著。

牆上電視播著當天不知已報導過多少次的新聞，距離繳交同意書，已經過了一個小時半，母親也在電腦斷層室奮鬥了二十分鐘，傳送員將母親的病床推至門外待命。盯著空蕩病床和銀色大門直發愣的我，手心不自覺出汗，像不小心打翻茶水弄濕的雙手，水珠一顆顆在生命線匯流成河，沿著掌紋滑落。

眼見醫護人員從厚重的大門後走出，聽到他說一切順利，瞬間鬆開拳握的雙手，趕緊將病床推入，好讓母親能靜臥休息。在儀器上趴著的母親，雙手向上伸展，醫療人員指引母親翻身到病床上，可母親卻像隻翻不了身的烏龜，痛苦的掙扎仍舊絲毫沒有移動半步。費了一番功夫，才在病床上躺定，來到廊道等待傳送員協助返回病房。

看著母親緊閉雙眼，疼痛得無法出聲的模樣，突然覺得我的鼻樑像是被某樣東西狠狠打了一下，痠痠痛痛得直發紅。定睛一看，那因為點滴、藥物發腫的雙頰，黏著濕漉漉的灰白色髮絲，使得額眉上的汗珠也顯得混濁。

頓時，腦袋一片混亂，像戲院播映的黑白舊電影，又像是家裡存放已久，些許損壞的錄影帶，影像斷斷續續，偶而有些畫面被雜訊干擾。

我扶著床邊的圍欄，閉上雙眼試圖靜下心。

此時卻看見兒時的自己，過往的種種像是搭乘高速列車，從眼角快速掠過的窗外景象。

突然聽到母親喚我的聲音，是哄著還是孩童時的我的聲音。還來不及感到驚訝便倏地睜開眼，盯著母親的臉龐瞅了好一陣子，才發現是自己回憶裡的聲響。情緒並沒有隨著閉眼消退，反而像洶湧的潮水席捲而來，我拼命掙扎堆疊沙包、關上水門，卻仍然幾近潰堤。像是衛生紙那般脆弱，此刻的我的武裝如泡了水的衛生紙，漸漸軟爛成糊。

重生

烈日逕自走入病房，將房間照得通亮，站在窗邊的母親被陽光襯得只看得見黑的輪廓。經過上次檢查，已經開始接受治療的母親，常常自嘲的分享檢查的過程。為了穿刺的準確性，不得不將母親的雙手向上綑綁固定的措施，被母親戲稱為「類豬公」的一種祈福儀式。看著母親咯咯笑的模樣，彷彿前陣子甫回病房，痛得無法應答主治醫師的場景，是夢一場。

離家住院第五十六日，母親像是一夜未眠，早早晨起梳洗，開心的換上新衣裳，著上新鞋。我們在站牌等著一輛終點為「家」的接駁車。

走過久違的小市集，熟稔的人們依舊熱情叫賣，母親站在社區的小公園前，住院前架起的鐵皮圍籬已拆除，兒時的石製溜滑梯及涼亭已不翼而飛，取而代之的是塑膠製溜滑梯及遍佈的塑膠座椅。

看著生命中的種種變換，我明白在破壞當下不安惶恐的情緒後，會有新生之陽緩緩升起，只是我們還面對著陰影。

重生，一直等我們轉過身，迎接它。

人生如逆旅，痛苦荊棘已走過，只剩綻放美麗的花朵。

04.0 一個人的回憶

當所有人的這一天
都從記憶抹除的時候
只剩自己記得所有細節
我的記憶
是否就變成假的？

〈一個人的午後〉，攝於2019年，東京。

04被母親遺忘的午後

一日，陪同母親至醫院做內視鏡檢查，為了減輕檢查的痛苦及不適，我們選擇全身麻醉的無痛檢查。

這是母親第一次全身麻醉。我們都認為這是一個再簡單不過的檢查，檢查前相約甦醒後到住家附近的賣店買一個全新的碗，置換母親目前已有裂痕不堪使用的碗。談論到換新碗時似乎沐浴著充滿新生的暖陽，重新出發的美好，彼此如此歡笑著。

報到櫃臺前排著長長人龍，忙碌的醫護人員走來竄去，像是我當下的心情。

換妥衣物，母親被喚進檢查室做麻醉評估，而我被擋在門外，無法得知當前情況，只能獨自焦急。

母親從檢查室出來，手背上多了一管針筒。
問她，「這是麻醉藥嗎？」
母親說，「不知道，應該不是吧，我問護理師現在在打麻醉藥嗎，她說不是。」

很快的母親再度被喚進去，這次進行了約二十分左右的檢查，原本打算運用等待的時間看文章，但心怎麼也不平靜，腦袋裡總出現同意書上可能會短暫失憶等等警語。只能靜靜地看著一位位病患來來去去，才得以讓心稍稍安定，其他的什麼也做不了。

一位剛做完檢查的伯伯由妻子攙扶走出檢查室，看著他清醒的和身旁的人們笑談「我睡一覺就檢查完了。」著實令我安心不少。
「母親等等檢查完應該也是這般景況吧」，心裡想著。
目送伯伯夫妻倆手牽手離去不久，我被喚進檢查室裡，在粉紅色的確認單上簽名後，到母親的床邊等待她甦醒。為了讓她更快清醒，護理師讓她坐起身來，母親如同無依靠的絨毛玩偶，軟綿綿的一放手就傾倒。

一邊壓著母親拔掉針孔的手止血，一邊扶著她到外頭光亮處休憩，希望藉著光能幫助她擺脫睡意。興許是兩日沒有好好進食身體本就虛弱，母親一直陷入睡眠狀態，偶而喚醒回答的話語又像是酒醉。看著母親虛弱的樣子，忽然對「生命」二字打了個問號，生命如此脆弱渺小，我是否對於這二字賦予太多的意義及盼望呢？

母親努力將身子撐起，扶著她一同去更換衣裳，期望能趕緊回家讓她在舒服的床上酣睡。

母親強忍作嘔的噁心感，戶外颳起強勁的風。我抱著她在強風中逆風而行，突然發現母親和童年時刻印在腦海中的巨大身影不同，她好小好小，好似我一鬆手便會被風吹走。像是幼兒學步那般，不到十分鐘的路程我們花費約半小時的時間。

回到家，消毒過後，用毛巾幫她擦擦手擦擦臉，依照護理師指導的漱漱口減輕不適感，終於在舒服的床上沉睡。

隔天，母親說不記得前一日麻醉注射後的事情。笑著聽我訴說她的那些「童言童語」、像孩子般純真的舉動。如同聆聽別人的故事那樣，稱讚自己好可愛。

那日下午的一切，默默成為只屬於「我」的，「一個人」的回憶。

05.0 家是？

寄居蟹的家是
沙灘上散落的貝殼
和人類隨手的遺落

候鳥的家是
季節顏色的變換
溫暖之處的指引

蒲公英的家是
風的去向

得以安然落地生根之地

我的家是
夜晚容我盥洗
和睡眠的處所

孑然一身誕生於世界
獨自成長　了無牽掛

只是
沒有了牽掛
無處不是家
也無處是家

〈家？〉，攝於2019年，滋賀縣。

05小雪的暖流

週末，天氣晴朗，氣溫久違得來到近30度的高溫，在這接近小雪的時節裡有種返回夏季的錯覺。

東方漸白，起了個大早與母親一同參加健行活動。報到臺前排著綿長隊伍，一位奶奶獨自排在我們的前頭，和藹可親的和排在我們後頭的小孩們玩耍。見她喜愛孩子們的溫柔神情，周圍的空氣變得寧靜美好。奶奶似乎孤身一人，我與母親遂與她閒聊幾句。

奶奶說，她搬了好幾次家，一月的時候搬到敬老院。前些日子疫情嚴峻時不能外出，因此閒暇之時喜歡在院內的小公園裡觀看人來人往，像是某種社會觀察，十分有趣。直到最近幾週才得以自由活動，所以對附近一帶還不甚熟悉。

母親見她喜歡孩子，便委婉詢問，「今天一個人參加活動？」奶奶說，她是孤兒，從來不知道何謂「家」。後來在感情裡遭人辜負，便決定一生不結婚。之後又經歷了一些事情，存款僅存十五萬，於是選擇申請低收入戶、無直系血親卑親屬且無自有住宅才能入住的敬老院，雖然不是世人定義的家，但也算是個歸處。

奶奶指著排在最前頭的一家人，接著說，她看到這樣幸福的畫面都會感到憤怒，因為她不知道「家」的感覺是什麼。

聽到這兒，突然感到十分心疼難過，因為奶奶的憤怒是源於求而不可得，她有多深的渴望就有多深的情緒。有時對於某些人而言簡單自然的幸福，之於他人卻是一種無法企及的奢望。身邊僅存為數不多的存款，是否也隱藏著某些心傷的故事？

我也明白，母親聽到奶奶故事後的念想，她擔心若家中經濟不轉好，若是再覓不得好對象，隨著年華逝去，奶奶——是否就是她所預見的，未來的我？

我向母親允諾會好好照顧自己的生活，就算沒有結婚，我還有手足，還有家。婚姻之於我，從來不是必選題。

這一路上奶奶像是終於尋覓到聆聽她話語的對象，從她嬌小的身軀彷彿看見小女孩無邪的身影，雀躍奔跑著、探索著廣大未知的世界。

活動結束之際，提著健走的餐盒像是獲得獎賞的孩子那般開懷，奶奶開朗得對著我們揮揮手，彼此珍重道別，但願這個早晨的短暫邂逅能帶給她溫暖及喜悅。

釀文學278　PG2892

如果我能將你拾起

作　　者　亜　希
責任編輯　孟人玉
圖文排版　陳彥妏
封面設計　吳咏潔

出版策劃　釀出版
製作發行　秀威資訊科技股份有限公司
114 台北市內湖區瑞光路76巷65號1樓
電話：+886-2-2796-3638　傳真：+886-2-2796-1377
服務信箱：service@showwe.com.tw
http://www.showwe.com.tw
郵政劃撥　19563868　戶名：秀威資訊科技股份有限公司
展售門市　國家書店【松江門巿】
104 台北市中山區松江路209號1樓
電話：+886-2-2518-0207　傳真：+886-2-2518-0778
網路訂購　秀威網路書店：https://store.showwe.tw
國家網路書店：https://www.govbooks.com.tw
法律顧問　毛國樑　律師
總 經 銷　聯合發行股份有限公司
231新北市新店區寶橋路235巷6弄6號4F
電話：+886-2-2917-8022　傳真：+886-2-2915-6275

出版日期　2023年6月　BOD一版
定　　價　320元

讀者回函卡

Printed in Taiwan

國家圖書館出版品預行編目

如果我能將你拾起/亞希作. -- 一版. -- 臺北市 :
釀出版, 2023.06
面； 公分. -- (釀文學 ; 278)
BOD版
ISBN 978-986-445-798-4(平裝)

863.55 112004509